1

Il rinculo della frenata lo svegliò dal torpore nel quale aveva indugiato per buona parte del viaggio. Sotto la pensilina cercò con lo sguardo l'avvocato Tobia senza trovarlo. Aveva voglia di mangiare al *Milord* e avrebbe preferito farlo in sua compagnia. Fuori dalla stazione si accese un toscano dopo averlo passato tra le labbra. I giornali gridavano: «Novità sulla famiglia scomparsa». Comprò una copia e se la mise sotto il braccio avviandosi al ristorante.

Lesse l'articolo dopo aver ordinato. Un industriale giurava di aver incontrato Mario Rocchetta, l'uomo svanito nel nulla con moglie e due figli.

«Che ne dice, Soneri?» domandò Alceste servendolo.

Alzò le spalle scettico. La gente era pronta a giurare di tutto per puro protagonismo. Divorò le crêpes ai porcini, poi uscì. Riaccese il sigaro e passeggiò nella nebbia.

Quando aprì la porta di casa inciampò in una busta bianca. Conteneva le foto dei Rocchetta ritagliate dalle pagine dei giornali e un foglio anonimo scritto con le lettere di stampa: VENGA DOMATTINA ALLE OTTO IN VIA MARSALA, AL NUMERO DIECI. L'indirizzo della famiglia scomparsa.

Pochi sapevano di quelle due stanze dove abitava di rado. Il numero telefonico non era in elenco, sul campanello nessuna indicazione. Da anni risiedeva altrove e, soprattutto, nessuno era al corrente del suo arrivo. Schiacciò il sigaro nel posacenere e andò a letto, ma non riuscì a dormire più di tanto.

Si alzò verso le quattro e decise che, per placare la sua inquietudine, in via Marsala ci sarebbe andato subito. L'appartamento era al primo piano di una casa piuttosto tetra. Forzò la serratura ed entrò. Accese la torcia perlustrando le stanze permeate da un'aria di abbandono simile a quella delle case di villeggiatura. In cucina c'era un mobile spaccato e Soneri pensò alla perquisizione: dovevano aver avuto la mano pesante.

In salotto, un pannello di legno nascondeva a malapena lo sportello della cassaforte, anch'esso forzato. Ma, nonostante tutto, in quella casa riusciva a vederci in movimento gli abitanti. Il ragionier Mario, irreprensibile capocontabile della ditta Verre, alto, stempiato, imponente e silenzioso come una statua. Sua moglie Maria Carli, una donna afflitta con un perenne sorriso triste d'intercessione. E i due figli:

Roberto, tossicodipendente in eterna disintossicazione, e Rinaldo, perdigiorno con la passione delle armi.

Nel corridoio una fila di ciabatte era in attesa, in bagno la doccia gocciolava e su un'anta dell'armadietto a specchi era rimasto il pezzo di nastro adesivo del sigillo. Tutto normale, insomma. Estrasse dalla tasca del montgomery una manciata di fogli: era passato dalla questura portando con sé il fascicolo Rocchetta.

Soneri non aveva mai creduto alla storia del rapimento, della disgrazia. Quella era stata una fuga, ne era certo. Ciò che restava da chiarire era: una fuga da chi? Una fuga per dove? Immaginava la partenza. Il camper già carico in strada, gli ultimi saluti, le raccomandazioni al figlio che sarebbe partito in seguito. «Il frigo è pieno... hai la macchina... i soldi... semmai ci raggiungi...» Gente normale che diceva cose normali. Immaginava anche la silente operosità di Mario Rocchetta, preso dai suoi lucidi pensieri di fuga e dalla maniacale cura di ogni particolare infilato a uno a uno nel suo piano come le perle di una collana. Gli pareva di sentire in sottofondo l'ansia faconda della moglie, le sue frasi interrotte a metà da un cenno di lui. Lei era sempre insopportabilmente sentimentale, ma dopotutto poteva trattarsi di un addio.

Riprese a passeggiare nell'appartamento. In camera c'era una finestra rimasta con la serranda a metà, forse per dar luce a una pianta di ciclamino. Spense la torcia e nella penombra scorse alcune fotografie sul comò. Una lo incuriosì, ritraeva Mario Rocchetta con la canna da pesca e un retino. Sullo sfondo, probabilmente, il Po.

Le vicende di gente scomparsa lo incuriosivano sempre. Forse perché anche lui avrebbe voluto frequentare quella sorta di solitaria clandestinità. Una vita da scarafaggi, nell'ombra, come certi suoi colleghi dei Servizi.

Tornò in salotto e riaccese la torcia. La moquette era strappata di fronte a una piccola libreria occupata per metà da un'enciclopedia scolastica. La scostò volume per volume cercando quello con la lettera R. Gli era venuto il dubbio se Reading fosse a nord o a est di Londra, ci doveva andare per un'altra vicenda assai intricata. Estrasse il volume ma non trovò Reading. Riponendolo notò che qualcosa spuntava tra la parete e il ripiano: un'agenda tascabile con la copertina di velluto. Il trambusto della perquisizione doveva averla fatta cadere in quel punto seminascosto alla vista.

C'era una quantità di nomi e numeri tale da incuriosirlo. Decise di uscire, ma quando si avviò percepì dei passi. Poi il rumore della chiave nella toppa lo mise definitivamente in allarme.

Si eclissò in camera, dove poteva sfruttare un ripostiglio completamente vuoto. Con una mano teneva la torcia, con l'altra sfiorava il calcio della Beretta. Sentì richiudersi l'uscio, poi i passi furono attutiti dalla moquette del salotto.

Veniva una luce fioca da una delle applique. Stette a lungo in silenzio, poi si sporse quel tanto per vedere qualcuno che frugava nei cassetti. Si ritrasse quando l'intruso si mosse verso la camera, ma i passi presero la direzione del bagno. Si accese la luce per pochi istanti, poi tutto ripiombò nella penombra e di nuovo i passi si smorzarono in salotto. Infine si spense anche la lampada a muro e la serratura scattò.

Rapidamente Soneri uscì dal suo nascondiglio, infilò anch'egli la porta e corse giù. Il portone si richiuse che lui stava ancora scendendo l'ultima rampa. Doveva sbrigarsi o avrebbe perso la traccia. Sentì sbattere una portiera ed era al cancello quando una grossa BMW partì con un rombo. Riuscì a prendere il numero di targa.

Non pensò di tornare a casa, né di cercare Tobia: il mezzo inseguimento e l'agenda l'avevano eccitato. Mentre oltrepassava il portone della questura, pensò d'essere stato giocato come un principiante. Dalle stanze era certo sparito qualcosa, in vista dell'appuntamento. Qualcosa che lui non era stato in grado di trovare.

«Devo controllare una targa», disse Soneri all'agente della sala operativa. Poi dettò il numero che l'altro compose, interrogando il computer. L'auto risultava intestata a una ditta, La Casetta s.r.l.

«Si potrebbe tentare una visura camerale», suggerì Vilgente, «ma il terminale è collegato solo dalle otto in poi.»

Soneri guardò il grande orologio alla parete e vide che

erano le sei e mezzo. Si fece riportare il fascicolo dei Rocchetta e lo sfogliò con rinnovata attenzione per scoprire qualche dettaglio trascurato in precedenza: la vicenda cominciava ad attrarlo.

Erano partiti in agosto per un tour del Mediterraneo, in camper. Rinaldo, solitario come il padre, era rimasto a casa. Ma passati quattro giorni era partito anche lui, dopo aver riscosso un assegno di quattro milioni falsificando la firma del genitore. Di Mario Rocchetta, il rapporto di polizia diceva che si trattava di una persona precisa fino alla mania, puntuale, scrupolosa: un impiegato modello. Erano descritti anche i suoi hobby: jogging e pesca sul Po. C'era la testimonianza di un collega che raccontava dei francobolli appiccicati in calce ai bilanci per far tornare anche gli spiccioli. Nessuno si ricordava di un suo ritardo ingiustificato. Ma il camper ritrovato mesi dopo a Milano testimoniava che la famiglia non era andata verso il deserto.

Alle otto in punto Soneri si presentò per la visura. Compose sulla tastiera «La Casetta s.r.l.» e il video si riempì di numeri e nomi. C'erano sette azionisti. Due non gli suonarono nuovi: Paolo Fracassi e Giacomo Pagliari. Sfogliò l'agenda. Alla lettera F trovò Fracassi coi numeri di casa e del lavoro. Alla P era annotato Pagliari. Comparivano in cima alle pagine.

Fracassi era il direttore della Verre, un uomo disinvolto e brillante con le donne e negli affari, amante del lusso e delle auto sportive. Pagliari era un avvocato, suo socio, molto noto in città per gli agganci politici e una clientela di ricchi. Stampò la visura e l'intascò.

L'appuntamento!... Stava per dimenticarsene. Salì sulla sua Alfa decapottabile e si diresse in via Marsala, temeva che non l'aspettassero più di tanto. Scese un isolato prima per non dare nell'occhio. Osservò l'orologio: le otto e mezzo. Arrivò all'edificio da una via secondaria per controllare, ma non vide nessuno. Il palazzo gli faceva tutt'altro effetto alla luce del giorno. Il cancello era chiuso. Tornò indietro, verso l'entrata del cortile, alzò il piolo ed entrò. Percorse il corridoio delle cantine osservando le porte, su una delle quali era scritto a vernice il nome Rocchetta.

Giunse davanti all'uscio che già conosceva. Lo ispezionò e salì una rampa per controllare, non visto, chi sarebbe arrivato. In quel momento sentì lo scatto del catenaccio e la porta richiudersi delicatamente. Ridiscese, deciso a non farsi seminare. Si trovò di fronte la faccia stupita di una donna di mezz'età coi corti capelli biondotinti e un viso dai lineamenti duri.

«E allora?» disse lei infastidita.

«Cosa faceva là dentro?» chiese bruscamente Soneri.

«Lei chi è?»

Estrasse il tesserino della polizia.

La donna sospirò. «Dev'essere uno nuovo, non l'ho mai vista.»

«Nuovo, sì», replicò sbarrandole contemporaneamente il passo. «Ma deve pur conoscermi se mi ha mandato quella lettera.»

«Che lettera?»

«Non faccia finta di niente.»

«Sono la sorella di Mario Rocchetta, non scrivo lettere ai poliziotti e non ho nulla da nascondere», precisò stizzita, mostrando la chiave dell'appartamento.

«Le dispiace se entriamo a chiacchierare?»

La donna si girò e, senza dire una parola, aprì di nuovo la porta accennando al divano.

«È stata lei a denunciare la scomparsa?»

«Sì.»

Soneri alzò una tapparella e osservò in strada, ma non c'era nessuno in attesa.

«Crede che siano morti?» chiese bruscamente ritornando verso il divano.

«Non lo posso escludere», rispose la donna con una franchezza che colpì Soneri, «mio fratello svolgeva anche mansioni pericolose.»

«Sarebbe a dire?»

«Recupero crediti.»

«Soldi puliti?»

La donna allargò le braccia in un gesto rapido, pieno di ruvido imbarazzo.

«Quando hanno fatto la perquisizione?»

«Quattro giorni dopo il mancato rientro.»

«Un lavoro poco professionale», commentò Soneri.

«Quelli della Verre erano indiavolati: dicevano che occorreva loro una chiave che aveva mio fratello.»

La donna fece una pausa e poi di nuovo un sospiro.

«Se c'è qualcosa che devo ancora dire alla polizia è una sensazione, anche se mi rendo conto che non è nulla di importante.»

«A volte contano anche le impressioni», la incoraggiò.

«Ecco, mi è risultata esagerata la fretta di cercare quella chiave.»

«Avranno avuto un permesso.»

«Verbale, per il resto hanno agito da soli.»

«Chi c'era?»

«Un paio di funzionari della Verre più il fabbro.»

«Lei come l'ha saputo?»

«Sono arrivata qui per caso.»

«Per caso?» insinuò Soneri.

«Be', volevo vedere se mio fratello aveva lasciato qualcosa. Qualcosa che potesse giustificare il ritardo del rientro.»

«Ma l'hanno preceduta», constatò Soneri alzandosi per ricontrollare da basso. Niente, non passava nessuno in quella via morta.

«Insomma, bastava chiederlo e sarebbero entrati comodamente. L'unica chiave che non ho è quella della cassaforte.»

«Quelli della Verre sono stati i primi a metterci le mani?»
La donna annuì.
«Conosce Fracassi?»
«L'ho visto parecchie volte in compagnia di mio fratello.»
«Che rapporti avevano i due?»
«Ottimi.»
«Nel caso fossero tutti morti, è lei l'erede?» chiese Soneri bruscamente.
La donna apparve imbarazzata, poi rispose con freddezza che credeva di sì.
Scesero. Lei volle a tutti i costi mostrargli anche il garage. C'era una Fiat quasi nuova.
«E il camper dove lo tenevano?»
«In campagna, da mia madre.»
Gli diede il nome del paese e indicò la strada più breve per arrivarci.
«Sua madre è molto anziana?»
«Ottantadue anni.»
Si salutarono sul marciapiede. La donna gli strinse la mano e apparve sollevata.
Le nove passate da poco: Tobia sarebbe certo stato al bar *Centrale* per la colazione prima di salire in ufficio.
Invece l'avvocato non c'era e il barista non ne sapeva nulla. Soneri andò al telefono e compose il numero dell'ufficio: la segretaria gli disse di un'indisposizione. Sicuramente

una scusa. Forse i postumi di una cena o sonno arretrato. Non l'avrebbe svegliato prima di mezzogiorno.

Sedette al tavolino e osservò i fogli della visura camerale. Fracassi e Pagliari erano soci in una mezza dozzina di società. Intorno un'aureola di mogli, figli, genitori e collaboratori. Rilesse le conclusioni delle inchieste aperte sulla scomparsa. Propendevano per la morte dei protagonisti, uccisi da non si sa chi.

Si appoggiò con le mani al tavolo e sentì una grande stanchezza: erano quasi le dieci, aveva un paio d'ore per riposare. Si sarebbe svegliato giusto in tempo per andare da Tobia.

2

L'avvocato venne ad aprirgli vestito con la consueta eleganza, attorno al collo un foulard di seta. La ricercatezza dei suoi abiti lo infastidiva: Soneri da quel punto di vista era assai spartano. Solo per il cibo e i vini condivideva con l'amico una raffinata pignoleria.

«Sembri in forma», disse Soneri.

«Non ho nulla. Quando desidero una giornata di vacanza me la prendo: a sessantadue anni posso permettermelo, no?»

Aveva un'aria sorniona quando si adagiò sul sofà. Forse dietro quella vacanza c'era una donna.

«Questi Rocchetta ti incuriosiscono?»

«Come fai a saperlo?»

«Mi hanno telefonato dal bar. Un tipo strano la cerca,

maneggia fogli e ritagli di giornale. Si sa tutto nei bar. Un poliziotto dovrebbe farsi amici i baristi.»

«Che ne sai di questa storia?»

«Poco. Più che altro supposizioni.»

«Quali?»

«Si tratta di una vicenda di soldi.»

Soneri si accese il sigaro. Sapeva che Tobia non faceva mai supposizioni senza fondamento.

«Guarda un po'», disse l'avvocato posando sul tavolino basso un plico graffato: una causa civile contro la Verre, e a intentarla era Fracassi.

«Non ne è il direttore?»

«Anche azionista al venticinque per cento, ma adesso non gli è rimasta nessuna carica e in consiglio di amministrazione non si fa più vedere. Guarda le date.»

Soneri girò il plico, la causa era recente e si riferiva all'ultimo bilancio.

«È stato cacciato?»

«In tronco. Ha impugnato il primo rendiconto non firmato da lui. Dice che l'azienda ha nascosto una decina di miliardi di utile.»

Soneri meditò tirando lunghe boccate.

«Io la vedo chiara», riprese Tobia intrecciando le mani sulle bretelle, «le motivazioni umane sono sempre le stesse: le passioni e i soldi. Le passioni danno alla testa più spesso ai disgraziati, i soldi affascinano la gente fredda come questa», disse indicando il plico.

Si alzò per prendere due bicchieri e una bottiglia di Porto, di cui collezionava marche pregiate e rare. Soneri stava sfogliando la causa, ma s'interruppe quando gli giunse alle spalle la voce di Tobia.

«Sai come ha replicato l'azienda? Ha difeso il bilancio dichiarando che era fatto con gli stessi criteri degli anni passati. In altre parole», continuò Tobia, «se c'è del nero adesso, c'era anche prima.»

Una pausa. Soneri immaginò l'avvocato alle sue spalle che annusava il tappo.

«La storia va avanti da parecchi anni: fa' un po' i conti di quanti soldi sono stati accumulati.»

«Se è gente così scaltra non avrebbe mai fatto l'errore di palesare tutto con una causa.»

Tobia si riaccomodò di fronte a lui con i bicchieri e la bottiglia. La cullava neanche fosse stata un bimbo. Poi sorrise. «Scaltra sì, ma anche avida. E poi la scaltrezza viene meno quando ci si sente inattaccabili».

Il vino era ottimo. L'avvocato lo fece a lungo ondeggiare nel bicchiere annusandolo di tanto in tanto e sorbendolo a piccolissimi sorsi. Raffinato al punto da apparire vizioso.

«Anche perché», riprese rinvenendo da un assaggio, «le cause sono dieci tra Verre e controllate.»

«Quanto è in ballo in tutto?»

«Decine di miliardi», disse l'avvocato asettico.

«Da chi l'hai avuto?» domandò accennando al plico.

«Da un collega.» Poi, senza guardarlo. «Sono contento che sia tu a occuparti di questo caso». Come se dopo quelle parole Soneri non potesse più sottrarsi.

«Chi ha licenziato Fracassi?»

«L'azionista di maggioranza, la famiglia Fiori: hanno una grande azienda di ceramiche.»

Soneri riordinò mentalmente le date.

«Ci hanno messo due anni a mandarlo via?»

«Penso che per un po' la storia della fuga abbia intorbidito le acque, ma quando s'è capito che c'era del marcio...» Fece un gesto con la mano per indicare un taglio netto.

Poteva essere, anche se Soneri aveva qualche perplessità. La vicenda delle cause l'aveva però colpito.

«Queste le tengo», disse afferrando le carte. Il viso di Tobia parve esprimere una grande soddisfazione.

Alla Camera di Commercio aveva un amico che poteva aiutarlo.

«Avrei bisogno di qualche informazione.»

Entrarono in un ufficio angusto e scuro. Digitò sulla tastiera «La Casetta s.r.l.» e comparvero i dati che Soneri già conosceva. Poi vennero analizzate le altre società: per ognuna se ne scoprivano altre controllate, in un crescendo d'intrecci.

Soneri annotò tutto fino a comporre una ragnatela di dodici società, tutte nel settore immobiliare.

Verso sera, uscito dall'ufficio, invece di dirigersi al *Milord*, puntò verso la casa di Fracassi.

Arrivò all'ora di cena. La casa era un'antica abitazione piuttosto lussuosa. Dal retro dominava la vista verso il torrente e sull'altra parte della città. Era il genere di case che Soneri preferiva, quelle che stavano lungo un confine. Nel cortile una BMW del tipo di quella vista in via Marsala, ma dal cancello era impossibile scorgere la targa. Soneri scavalcò allora la recinzione della villa confinante, dopo aver controllato che fosse deserta e senza cani, dirigendosi lungo la siepe fino alla palizzata: la BMW era la stessa usata dal fuggitivo la notte precedente. La soddisfazione di Soneri sfumò quando si rese conto che comunque tutto ciò non garantiva che in via Marsala ci fosse Fracassi: la macchina era intestata a una società e poteva guidarla chiunque.

Si allontanò per entrare in un bar e mangiare un panino. Gli dispiaceva disertare il *Milord*, ma voleva assolutamente verificare una supposizione. Sul tavolo del locale era rimasto aperto il giornale alla consueta pagina dedicata ai Rocchetta. Diede occhiate distratte alla televisione che trasmetteva un notiziario e cercò di figurarsi che tipo fosse Fracassi a partire da ciò che aveva appreso nei rapporti di polizia. Possedeva anche una Porsche, una Ferrari e una Bentley. Pensò alla smania di mettersi in mostra di tutti gli arricchiti.

Passata un'ora, uscì. Davanti a casa Fracassi erano parcheggiate una decina di auto. Annotò tutti i numeri di targa e i modelli. In questura il terminale lo informò che una delle auto era di Pagliari. I nomi dei proprietari delle altre non gli dicevano nulla tranne uno, un tal Rotondi, che gli parve di ricordare coinvolto nella causa contro la Verre. Non dovette sfogliare il plico troppo a lungo. Il timbro dello Studio Legale Rotondi era già sulla prima pagina.

Tutto tornava. Dopo le indiscrezioni pubblicate dai giornali, i tre si erano riuniti.

Nel corridoio incrociò un vecchio collega della centrale operativa.

«Ti dice nulla Rotondi?»

«Un avvocato amico di Pagliari, un altro con parecchi agganci politici.»

Quando uscì dalla questura era notte. La nebbia si era un po' alzata.

A casa trovò un'altra lettera anonima, questa volta dentro la buca della posta. C'era solo scritto: NON HA GUARDATO BENE. La prese come una sfida, mentre gli cresceva dentro quel malumore covato fin dal mattino, quando già lo aveva assalito il dubbio di aver trascurato qualcosa d'importante.

Sebbene stanco, tirò fuori l'agenda e cominciò a scorrere i nomi. C'era gente molto importante. Possibile che un impiegato apparentemente così schivo avesse rapporti di tale ampiezza?

Squillò il telefono, era Tobia.

«Avrei giurato che fossi fuori», disse.

«Pagliari e Rotondi erano da Fracassi stasera, una riunione.»

«Pensi che c'entri con la fuga di quelli là?»

«La notizia che li hanno visti è di questi giorni, no?»

«Potrebbero essersi incontrati per discutere di affari.»

«Non è la stessa cosa?»

L'occhio di Soneri cadde su un indirizzo e un numero telefonico di Londra, Max Secchi, Bond Street, una via abitata da ricchi.

Tobia non lo conosceva. Più oltre trovò il nome di una società fiduciaria di Milano che gli era nota: la Simpat. Fra parentesi era sottolineato un nome: Francesco Daretti.

«Sono un provinciale», protestò Tobia quando nuovamente riconobbe di non sapere chi fosse. «Piuttosto, hai dato un'occhiata ai movimenti e ai finanziamenti affluiti alle società immobiliari?»

«Non ancora.»

«Fallo al più presto, sarà una lettura interessante.»

«Cosa salta fuori?»

«Passa da me domani, al telefono non ci conviene parlare troppo.»

Tobia riagganciò e Soneri sentì crescere il malumore per quell'allusione. Lo agitava un ingorgo di curiosità.

Si svegliò alle quattro. Girò per la stanza buia, accese un sigaro, si lisciò i baffi e si rivestì. Prima passò sotto casa di Fracassi, pur senza un motivo preciso.

Osservò la ghiaia del giardino accuratamente rastrellata, l'entrata, le decorazioni neoclassiche. Lo colpì un paio di vecchi occhiali da subacqueo appesi al ramo di un albero, dimenticati da chissà quanto tempo.

Al primo piano si accese una luce. Una tenda si scostò per un attimo, sollevata da qualcuno che c'era passato accanto, e Soneri notò che era la stanza da bagno. Guardò l'orologio: le quattro e mezzo. Un bisogno, un malessere, o magari una partenza? Fu tentato di rimanere lì ad aspettare, ma poi preferì proseguire fino in via Marsala.

Entrò nuovamente dalle cantine, la porta sul retro era sempre aperta. Ripassò davanti agli usci di compensato e lesse ancora ROCCHETTA scritto in grande. Poi salì al primo piano. Gli parve che la moquette strappata fosse stata rimossa. Ne sollevò un lembo e guardò sotto: c'era solo sporcizia. Riesaminò la libreria senza trovare nulla di interessante. Ripassò i mobili della camera da letto da cui usciva un gran puzzo di naftalina e scostò i medicinali del mobiletto del bagno: trovò solo molte confezioni di

Maalox per l'ulcera e parecchi tranquillanti. C'erano anche un paio di siringhe da insulina.

Nulla, niente di interessante. Dappertutto pareva essere passato un setaccio che aveva cancellato ogni indizio. Pensò di sfogliare tutti i libri alla ricerca di una carta, un indirizzo o un qualsiasi biglietto.

Il tempo passava e saliva l'inquietudine. Quelle lettere anonime lo spingevano verso qualcosa che lui non trovava, che non era capace di trovare. Smontò e rimontò le cornici delle fotografie, aprì la cassetta dello sciacquone, scostò i battiscopa e frugò nelle tasche dei vestiti appesi nell'armadio. Le foto riportavano la data, sul retro, e il nome di chi le aveva scattate, ma tutto questo non era di nessuna utilità.

Ancora più indispettito si allontanò. Fumando nella notte, ripassò sotto casa Fracassi e notò che le luci erano di nuovo spente. Si accostò al cancello e con la torcia osservò la ghiaia: un'auto era passata di fresco, c'erano i segni delle ruote.

Gli venne un'idea che avrebbe però potuto verificare solo al mattino successivo. Camminò fino a casa attraversando le vie deserte e fredde. Gli piaceva la notte: era possibile lavorare senza intralci e tutto quel che accadeva risaltava come un luccichio.

Prima di addormentarsi volle dare un'ultima occhiata al fascicolo che aveva prelevato dalla questura. La vicenda delle lettere anonime dimostrava l'esistenza di qualcuno in città al corrente di tutto. Non aveva creduto un solo istante all'ipotesi di un mitomane.

Si soffermò sulla fotografia del camper con cui erano partiti i Rocchetta e che era stato trovato chiuso a chiave alla periferia di Milano tre mesi dopo la scomparsa. Diede una scorsa all'inventario della perquisizione: lo colpì una copia del giornale del 10 agosto. Se erano partiti da casa il 4 e Rinaldo quattro giorni dopo, come poteva trovarsi lì un giornale con quella data? Dalla foto Mario Rocchetta, cinquantasei anni portati bene, continuava a guardarlo con spavalderia.

La mattina successiva, dalla questura, telefonò ai colleghi del posto di polizia degli aeroporti milanesi chiedendo loro di controllare se fra gli imbarchi del giorno ci fosse un certo Fracassi.

Mezz'ora dopo un agente gli confermò che Ida Fracassi, la figlia, era partita col volo delle 8.15 per Miami.

«Una vacanza?» chiese Tobia.

«Chi va in vacanza non prenota l'aereo ventiquattro ore prima.»

L'avvocato alzò le spalle. «Da' un'occhiata qui piuttosto», e così dicendo spinse sotto i suoi occhi una lista di movimenti, patrimoni e transazioni.

«Interessante», ammise Soneri.

«Le date, guarda le date.»

La maggior parte delle iniziative immobiliari erano state intraprese poco dopo la scomparsa dei Rocchetta.

«Un'improvvisa liquidità», sorrise Soneri.

«Già», fece Tobia, «sembrano fuggiti sul più bello.»

Fracassi aveva ristrutturato una grande tenuta di campagna per un valore di molti miliardi. Le sue società, e Pagliari con loro, avevano acquisito aree importanti per l'edificazione. I soldi parevano aver preso a correre.

Uno degli acquisti più riusciti era quello di un importante appezzamento cittadino per il quale Rotondi aveva ottenuto il cambio di destinazione: da industriale a residenziale. Una variante che aveva fruttato parecchio.

Soneri richiamò il collega all'aeroporto.

«Mi sai dire se il biglietto della signorina Ida Fracassi è stato fatto direttamente o tramite un'agenzia?»

La risposta non tardò: l'agenzia era Le Vagabond, non molto distante da casa Fracassi. Il proprietario era un uomo anziano e grassottello che suggeriva un'idea di pantofole e sofà. Soneri si presentò e l'altro parve scosso di trovarsi di fronte a un poliziotto. Oltretutto dai modi bruschi.

«Conosce Ida Fracassi?»

«Conosco i Fracassi, sono clienti.»

«Vuol dire che viaggiano spesso?»

«Di frequente.»

«Dove vanno?»

L'uomo si mostrò imbarazzato.

«Intendo dire... dove vanno più spesso. Per caso ai Caraibi?»

Visto che l'aveva detto Soneri, l'altro si affrettò ad annuire. Poi, timidamente: «Posso sapere perché me lo chiede?»

Soneri fece finta di non aver sentito. «Stamattina Ida Fracassi è partita per questa destinazione?»

«Ha prenotato un volo per Miami, altro non so. Dovrebbe chiedere alla signorina», disse indicando una ragazza bionda dietro il banco, «ha parlato con lei.»

L'agenzia stava per chiudere, Soneri riuscì a bloccare l'impiegata che già scantonava. Si presentò, lei aveva un'aria un po' altezzosa che non gli dispiacque.

«Dov'era diretta la signorina Fracassi?»

«A Miami», rispose seccamente la ragazza, mostrando l'intenzione di proseguire.

Soneri le sbarrò il passo. Era di una testa più alto e lei, facendosi sotto, doveva guardarlo di sottecchi. Allora abbassò gli occhi con un sospiro.

«Non so dove andasse dopo... forse ai Caraibi, quasi tutte le rotte per i Caraibi fanno scalo a Miami, è il posto più comodo.»

«Era sola quand'è venuta?»

«No, c'era un ragazzo, forse il suo fidanzato.»

«Non ha notato nulla di particolare, un discorso, una frase...»

La ragazza sospirò di nuovo, ma intuendo che si trattava dell'ultima domanda, cercò di liberarsi di Soneri accontentandolo.

«Ecco, mi sembrava molto scocciata, indispettita.»

«Si sforzi...» insisté Soneri scostandosi e lasciando intravedere la porta e, con lei, la fine della conversazione.

«Ha detto che organizzare un viaggio così in fretta era folle. Sembrava che avesse dovuto mandare a monte chissà cosa.»

La ringraziò e lei passò via mormorando un saluto.

Era soddisfatto. Accese un toscano e decise che avrebbe mangiato al *Milord*. Aveva una gran fame.

3

Dopo pranzo tornò a casa per riposare, un'abitudine che cercava di non trascurare, ma prima di addormentarsi gli fu inevitabile riordinare le ultime novità. Dai soldi della Verre avevano probabilmente attinto sia i Rocchetta sia Fracassi e soci. Ma che rapporto c'era tra quei fatti e i personaggi in ballo? C'era di mezzo qualche ricatto?

Rispuntarono le solite traballanti ipotesi. Il viaggio frettoloso di Ida Fracassi (si ricordò dei numerosi incarichi che rivestiva in seno alle società paterne) e i misteriosi messaggi anonimi contribuivano a rendere ancora più confusi i suoi pensieri.

Alle cinque si presentò nello studio di Tobia, il quale gli apparve con indosso una giacca di cachemire, una cravatta di seta color oro e un foulard infilato a cespo nel taschino.

«Hai fatto una stupidaggine, adesso tutti sapranno che indaghi.»

«Lo sapevano già», ribatté mostrando i biglietti che aveva ricevuto.

«Stai attento. È gente potente e senza scrupoli... Occorre discrezione. Hai di fronte delle testuggini che ritirano la testa e diventano invulnerabili.»

«Finché non c'è qualcuno che le rivolta», ribatté Soneri un po' guascone.

Tobia tacque, pensoso e preoccupato. Poi aggiunse: «Vorrei sapere perché Fracassi ha mandato la figlia a Miami».

«I Rocchetta non sono stati visti ai Caraibi?»

«Mi hai insegnato a diffidare di questi avvistamenti.»

Eppure Soneri sentiva che quella partenza era un fatto insolito, imprevisto anche per i protagonisti. Tobia lo guardava cercando di intercettare i suoi pensieri, avvolti in una nuvola di fumo.

«Be', è chiaro che sono in un posto dove se hai molti soldi nessuno ti disturba.»

Stava per aggiungere qualcos'altro quando squillò il telefono. L'avvocato alzò la cornetta: «Ah, bene. Proprio quello che le avevo chiesto». Seguì una serie di mugugni d'assenso.

«Avevi visto bene: quel Daretti ha un paio di denunce.»

«Qual è il reato?»

«Appropriazione indebita.»

«Chi l'ha denunciato?»

«Ancora non so, forse domani: comunque è un pezzo grosso.»

Soneri si alzò. Avrebbe voluto conoscere subito quell'informazione.

Per strada, fumando, gli vennero alla mente i passaggi di proprietà della Verre e di un socio che se n'era andato vendendo in parte alla famiglia Fiori, in parte a Fracassi... Attolini, era lui, era stato fortunato, l'aveva ricordato leggendo la prima pagina dell'agenda: un quarto d'ora dopo viaggiava con l'Alfa fuori città. Si fermò di fronte a una villetta Liberty. Gli aprì una signora anziana, molto alta, magrissima e dall'aria severa.

«Cerco il signor Giacomo.»

«Lei chi è?»

«Mi chiamo Soneri.»

Sopraggiunse un uomo sulla cinquantina dal fare gioviale. Aveva un viso ampio, una corporatura massiccia e un sorriso smaliziato.

«Avrei da chiederle alcune cose», esordì Soneri stringendogli la mano. L'uomo lo traghettò in una stanza lontano dalla vecchia.

«Mia madre è diffidente e molto malata: mi sorveglia come se fossi un ragazzo.»

«Mi sto interessando alla vicenda Rocchetta», disse Soneri.

L'uomo perse il sorriso. «Non c'entro nulla.»

«Certo che non c'entra nulla», replicò brusco, «ma lei potrebbe aiutarmi a capire molte cose di come funzionava l'azienda.»

Attolini si sedette mettendo in tavola un paio di bicchieri e una bottiglia di cognac. Sembrava che già altri, forse troppi, gli avessero chiesto quelle informazioni.

«Perché ha venduto, sette anni fa?»

«Eravamo costretti. Mio padre stava male, io mi ero lasciato andare a vivere alla giornata, spendendo molto. Troppo... Mia madre s'è trovata sola e ha deciso di cedere.»

«Alla famiglia Fiori?»

«Solo metà del quaranta per cento che avevamo. L'altra è andata a quel... a Fracassi.»

«Non andavate d'accordo?»

L'uomo fece un gesto di disprezzo. «Uno senza scrupoli.»

Soneri capì che era un tasto dolente e volle batterci su.

«Gli avete dato troppa corda?»

«Colpa mia», disse Attolini portandosi una mano alla fronte, «se mi fossi occupato dell'azienda... O forse no, era troppo tardi e lui aveva già in pugno tutto.»

«La famiglia Fiori?»

«Il vecchio Riccardo era molto malato, a malapena

seguiva l'azienda di famiglia. I figli studiavano, cosicché Fracassi aveva carta bianca. È stato abilissimo, diabolico. E poi ci ricattava.»

«Per via dei soldi neri?»

«Certo.»

«Quanti?»

«Oh!» esclamò Attolini. «Questo lo sa solo lui. Ci convinse dell'utilità di avere una contabilità parallela e noi ci fidammo. Poi il conto è sfuggito a ogni controllo. Decine di miliardi.»

«Fracassi faceva quel che voleva?»

«Di fatto sì. L'avevamo assunto come impiegato, era un subalterno», disse Attolini ancora con disprezzo. «Un subalterno», ripeté tra sé.

Ma subito dopo, con un barlume di paura negli occhi: «Mi raccomando, che non si sappiano queste cose». Poi guardò furtivamente l'uscio al di là del quale gironzolava la vecchia. «Fracassi è un uomo vendicativo, se te la giura non perdona. Mia madre», aggiunse sottovoce, «ne è atterrita.»

«Stia tranquillo», lo rassicurò. L'uomo tranguggiò il cognac in un sorso, eppure in quel gesto Soneri riconobbe stile e una certa classe.

«Che rapporti aveva Mario Rocchetta con Fracassi?»

«Come un cagnolino. Eseguiva tutto quello che gli diceva di fare, non una virgola in più o in meno. Gli dava sempre ragione.»

«Ma soldi ne maneggiava?»

«Tanti. Era lui che curava la contabilità negli affari. Sapeva tutto e aveva in mano molti cordoni della borsa.»

«Non era pericoloso per Fracassi?»

«Bisogna pur fidarsi di qualcuno, e lui aveva scelto Rocchetta. Ma aveva preso delle precauzioni.»

«Però Rocchetta se n'è andato.»

«Oh, sì, se n'è andato», disse Attolini come se la cosa non avesse importanza. «Per me», riprese, avvicinandosi a Soneri, «Rocchetta era un gregario, niente più di un gregario.»

«Se si è preso dei soldi, Fracassi doveva essere d'accordo.»

«Già... Gli ha dato una buona uscita. Non sarebbe il primo.»

Soneri si fece attento: «Chi sono gli altri?»

L'uomo elencò una serie di ex dipendenti colti da improvvisa ricchezza.

«Ha comprato il loro silenzio», aggiunse.

Soneri versò un altro bicchiere di cognac che nuovamente Attolini bevve in un sorso.

Passarono lunghi momenti di silenzio mentre fuori scendeva il buio a immalinconire la stanza.

«Penso che Rocchetta, anziché esigere uno studio e una fetta di clienti, abbia pensato di cavarsi fuori dal mondo. Una scelta a suo modo geniale, non trova?»

Soneri annuì, poi disse: «Il fatto è che Fracassi se n'è dovuto andare controvoglia».

«È stato un colpo a sorpresa per tutti», replicò Attolini.

Si fermò ad ascoltare lo strascichio delle ciabatte della madre oltre l'uscio. Soneri ne approfittò per riaccendersi il sigaro rimasto fra le labbra, spento. Girò lo sguardo attorno, fissando la quantità di vecchie maioliche e ricami all'uncinetto.

«Il figlio del vecchio Fiori ci ha messo un po' per intuire il ginepraio della Verre. Un groviglio di conti che quell'altro aveva ingarbugliato apposta. Ma il giovane Fiori s'è dimostrato intelligente. Ha setacciato i registri e alla fine si è accorto che c'era del marcio e l'ha cacciato dall'oggi al domani.»

Soneri aveva cavato il sigaro di bocca in un gesto che pareva volerlo interrompere. Poi si pentì, intuendo che l'altro era sul punto di aggiungere qualcosa d'importante. Ma l'occasione andò perduta.

«Sono passati due anni dalla morte del vecchio», disse. «Due anni per accorgersi che l'altro lo fregava?»

«Dimentica Rocchetta. Per un po' le colpe se le è prese lui. I soldi che mancavano, chi poteva averli sottratti?»

«Così gli ha fornito l'alibi?»

Attolini annuì. Un attimo dopo la porta si spalancò e comparve la vecchia con un viso colmo d'urgenza che avrebbe potuto passare per terrore. Il figlio fece un cenno che Soneri comprese.

Quando arrivò all'auto, oltre al buio era di nuovo scesa la nebbia. Dopo pochi chilometri si fermò a cenare in un'osteria da camionisti, sulla strada. Mangiò dello stufato, seduto accanto alla finestra che inquadrava un largo cortile. Sullo sfondo sbiadiva la strada, e si scorgeva una manciata di case: era da un posto simile che veniva Rocchetta. Suppose un'infanzia contadina, le passeggiate in solitudine lungo le lanche del fiume e quella nebbia così familiare da ridurlo a interlocutore di se stesso.

Non aveva voglia di dormire. Passò davanti alla questura in via Costa e il piantone lo salutò. Poi si infilò fra i borghi scorrendo l'agenda nome per nome. Venne ancora attratto da Secchi, dal suo indirizzo inglese.

Anche Daretti aveva un recapito all'estero: Lugano. Soneri non aveva fatto caso, prima, a quella nota in corpo minuscolo e telefonò a Tobia per sapere. Ormai le informazioni dovevano essere disponibili, ma l'apparecchio squillò a vuoto. Riattaccò borbottando un'imprecazione. Pur di agire, decise di tornare in via Marsala.

Appena dentro, si diresse in camera, spostò l'armadio dal muro e accese la piccola torcia. In fondo, sul battiscopa, scorse un foglio colorato e lo raccolse: era un dépliant pubblicitario di Santo Domingo. Controllò accuratamente: null'altro.

Deluso, si sforzò di pensare che tutto aveva una ragione e un'importanza, anche un foglio come quello. Che fosse uno degli indizi a cui lo rimandavano i biglietti anonimi?

Scese in cortile e girò intorno alla casa. Quando si riaffacciò, dalla parte opposta, vide una figura nota che entrava. Ritornò sui suoi passi, fino all'uscio dell'appartamento. Lo zerbino era stato scostato. Appoggiò l'orecchio alla porta e udì all'interno un parlottare sommesso. Ridiscese e si mise ad aspettare. Dopo circa un'ora la sorella di Rocchetta usciva dall'edificio.

Una conferma ai suoi dubbi, ma preferì non fermarla e tornarsene a casa. Nella buca della posta c'era una lettera con l'indirizzo scritto a normografo, nessuna affrancatura. L'aprì e trovò il consueto invito redatto coi caratteri ritagliati dal giornale. Diceva: NON HA CERCATO BENE.

Buttò la lettera sul tavolo, stizzito. Poi osservò attentamente il dépliant di Santo Domingo: in calce c'erano un indirizzo e un numero di telefono, annotati a penna, che controllò sull'elenco: riappariva l'agenzia Le Vagabond. Alzò la cornetta e chiamò la questura chiedendo dell'ispettore di turno.

Gli rispose una voce assonnata: era passata la mezzanotte da un po'.

«È sotto controllo il telefono di casa Rocchetta?»

L'ispettore citò un indirizzo di campagna, doveva essere quello della sorella.

«No, dico in via Marsala. Via Marsala dieci.»

«Lo è stato», rispose l'ispettore, «ora non più, da circa tre mesi.»

«Quello della sorella è controllato, vero?»

«Sì, risulta fra quelli che registriamo.»

«Finora nulla?»

«Nulla.»

Si avviò a letto, pensoso. Un'ultima occhiata al dépliant di Santo Domingo posato sul tavolino gli chiarì le idee: che fosse l'ora giusta per telefonare là? Cinque o sei ore di differenza del fuso orario: mezzanotte corrispondeva al tardo pomeriggio nei Mari del Sud.

Plausibile, pensò Soneri rilassandosi tra le lenzuola. Ma possibile che la sorella fosse così imprudente? E come faceva a sapere che il telefono di casa Rocchetta non era sotto controllo?

4

Lo svegliarono squilli insistenti: era Tobia.

«Ho novità», gli disse. Sullo sfondo si sentivano diverse voci, e capì che non doveva insistere con le domande.

Appena sceso, una curiosità deviò il suo cammino e dieci minuti dopo attraversava i corridoi dell'azienda dei telefoni. Al funzionario presentò il tesserino da poliziotto e quello gli fece cenno di entrare.

«Vorrei vedere le bollette della famiglia Rocchetta, via Marsala dieci.»

L'uomo scattò verso uno scaffale mostrando di conoscere il caso.

«Novità?» chiese armeggiando.

«Nessuna», rispose Soneri, e l'altro parve deluso.

Esaminando i tabulati vide che negli ultimi tre mesi c'era stato un incremento d'uso, ma di lieve entità: si aspettava bollette consistenti, non solo quei trenta-quaranta scatti in più.

«Le risulta di telefonate a carico del destinatario?»

L'uomo guardò a sua volta il tabulato: «Sembra di no».

«È possibile capire se ci sono state chiamate in arrivo?»

«No», parve spiaciuto l'impiegato, «ci vorrebbe un'apparecchiatura che applichiamo solo a richiesta.»

Mezz'ora dopo Soneri era in via Marsala, ma ritornò rapidamente sui suoi passi perché c'era un discreto via vai e la donna delle pulizie che lavava le scale. Ripiegò sull'agenzia di viaggi, e il titolare ebbe un sussulto quando lo vide entrare.

«Finirà per causarmi un sacco di fastidi coi clienti», disse con aria pavida.

«Ha ragione, potrò causarle molti fastidi.»

L'ometto sussultò di nuovo e parve ancora più flaccido del solito.

«Cosa vuole? Ha terrorizzato la ragazza.»

Alzò le spalle: «Veniva spesso Rocchetta?»

«Sì, spesso. Viaggiava per lavoro. Sa che mestiere faceva, no?»

Soneri annuì. «Non mi interessano i viaggi di lavoro. È mai partito assieme a Fracassi?»

L'uomo finse di meditare, ma in realtà tradiva solo una

grande tensione interna. Soneri allora giocò d'azzardo: «Non lo nasconda, so che è partito più volte con Fracassi, mi dica le date esatte».

L'altro sembrò tremare. «Bisognerebbe che guardassi sui registri. Così a memoria non saprei...»

«Guardi quel che vuole.»

L'uomo si affidò alla tastiera di un computer, poi l'abbandonò e preferì un quadernetto.

«L'ultima volta sono andati tre anni fa.»

«E prima?»

Sfogliò a ritroso: «Quattro anni fa, e almeno una o due volte ogni anno precedente».

«Dove?»

«Le posso dire la prima prenotazione.»

Soneri annuì.

«Santo Domingo, Margarita, Barbados e Galapagos.»

«Bei posti», commentò, e l'uomo parve sollevato perché sperava nella fine delle domande.

«Fracassi è appassionato di pesca subacquea», aggiunse volenteroso. Soneri si ricordò della maschera appesa a un ramo del giardino e della foto di Rocchetta sul Po. Controllò i voli: i periodi erano tutti invernali e in bassa stagione.

Appena fuori, ripensò alle telefonate notturne di via Marsala. Estrasse la fotocopia dei tabulati: le comunicazioni erano tutte urbane. Doveva assolutamente tornare a casa Rocchetta ma avrebbe dovuto attendere la complicità della notte.

Arrivò da Tobia solo verso mezzogiorno. L'amico stava uscendo, lo sospinse dentro il bar abituale.

«Un analcolico e un caffè.»

Si sedettero in un posto fuori dalla portata di una folla comunque vociante.

«Daretti è uno che porta via soldi», esordì Tobia.

Soneri fece il gesto di uno che ruba e l'avvocato rise.

«Sì, è abile anche in quel senso. Ma è bravissimo a portarli all'estero. Banche sicure.»

«Svizzera?»

Tobia annuì.

«E le denunce?»

«Sono il pezzo forte.»

Soneri fece cenno di continuare.

«È il cognato del vecchio Fiori ad avergli fatto causa. Interessante, vero?»

«Quanto gli ha fregato?»

«Sei, sette miliardi. È una storia curiosa. Daretti ha fatto il direttore di banca fino a cinque mesi fa, prima della denuncia che l'ha costretto a dimettersi. Il cognato di Fiori è stato anch'egli direttore di banca per dieci anni e malgrado ciò si è affidato a un collega. Strano, no?»

«Stranissimo», ammise Soneri.

«Daretti ha gli agganci esteri, era diventato una specie

di consulente del gruppo. È passato in mezzo a tutti gli affari, anche ai più riservati.»

«Nell'agenda di Rocchetta ci sono tutti i suoi numeri», confermò Soneri soprappensiero. «Pensi che i soldi della fuga siano passati dalle sue mani?»

«Probabile. Per me», aggiunse Tobia, «è lui il vero cassiere. Dei soldi occulti, si capisce.»

Portarono le loro consumazioni.

«Dov'eri finito? Ti ho aspettato», riprese l'avvocato.

«Fracassi e Rocchetta andavano a pesca ai tropici tutti gli anni.»

«Ma va'! Rocchetta è al massimo un pescatore di trote e cavedani, uno d'acqua dolce.»

«Ho visto una foto col figlio.»

«Al fiume. Per me non sa neanche nuotare.»

«E allora cosa andava a fare in quei posti?» chiese Soneri, ragionando a voce alta.

«Fracassi lavorava sott'acqua e lui si godeva il sole», affermò Tobia sogghignando. E così dicendo si alzò. «Devo tornare su.»

«Lascia fare a me», avvertì Soneri accennando al conto e pensando ad altro. Aveva in testa una gran confusione, sentiva il bisogno di fermarsi a meditare per rimettere in fila le informazioni.

Dieci minuti dopo era seduto al *Milord*. Ordinò salmone scozzese e una bottiglia di Chablis e intanto si trovava a condividere il desiderio di sparire ricominciando altrove un'altra esistenza, esattamente come Mario Rocchetta...

Venticinque anni a far di conto con una pignoleria persino pedante. Mai un ritardo o un'assenza ingiustificata, mai uno screzio, nemmeno un malinteso. Un impiegato perfetto. Eppure quella vita, anno dopo anno, aveva compresso qualcosa nell'animo di Rocchetta: una piuma al giorno fino a divenire un peso insopportabile. E la famiglia, irreprensibile nel suo decoro piccolo borghese, in realtà devastata.

Roberto col problema del buco quotidiano sempre a cercar soldi, Rinaldo chiuso nella sua stanza inseguendo pensieri da fanciullo, e infine la moglie, schiantata dai dispiaceri e senza più slanci. L'insoddisfazione doveva aver preso alla gola Rocchetta. E come resistere di fronte a tutti quei soldi capaci di rivoltare la vita di chiunque?

Soneri immaginò di possedere una grossa somma: forse avrebbe fatto la stessa scelta. Ma l'impiegato non si era affrancato del tutto, non aveva definitivamente rotto i legami. Se gli avevano lasciato prendere i soldi c'era un motivo preciso. Percepiva l'anomalia, senza prove, per istinto... Alceste arrivò col salmone.

Tornato a casa guardò nella buchetta, aprì l'uscio con circospezione. Nulla. Le lettere anonime le trovava solo all'indomani di una sortita a casa Rocchetta. Certo chi gli scriveva doveva avere un informatore nel palazzo. Ma chi, se aveva preso tutte le precauzioni?

All'ora di cena uscì di nuovo, per andare in via Marsala. C'era molta nebbia e questo l'aiutava nei suoi movimenti. Entrò attraversando le cantine. Il palazzo era immerso nella calma, tutti dovevano essere a tavola.

Salì fino all'appartamento dei Rocchetta, ma non accese la luce. Una delle altre tre porte sul pianerottolo aveva lo spioncino che brillò per un istante colpito da un raggio filtrato da fuori. Si avvicinò, accese la piccola torcia da paracadutista e la puntò contro la lente. Poi premette l'interruttore che dava luce alle scale: si udì lo scatto del temporizzatore. Dopo pochi secondi la fessura scorrevole si aprì dall'altra parte.

«Apra!» disse sottovoce ma perentorio.

Niente, per un po'. Poi la porta si socchiuse trattenuta da una catena. Dallo spiraglio Soneri vide una donna anziana, piuttosto dimessa e timorosa. Le presentò il distintivo della polizia. La catena venne tolta e Soneri entrò.

«È la signora Rocchetta che le ha ordinato di controllare?» sbottò col suo fare brusco.

La donna era impaurita, quasi tremava. Per il tono di Soneri, per via del distintivo della polizia.

«Sono sola tutto il giorno», disse, «e l'unico diversivo è guardare gli altri.»

«Anche di notte?»

«Soffro di insonnia.»

Soneri ebbe l'impressione di non poter cavare nulla da lei. Gli opponeva un atteggiamento di fragilità impenetrabile. Cercò di rimaner calmo. Doveva trovare un'altra strada.

«Sa che la polizia sta indagando sulla scomparsa dei suoi vicini?» A un cenno d'assenso proseguì: «Deve aiutarci. L'appartamento è visitato da molte persone?»

«Molte no», rispose lei. Poi aggiunse: «Ci viene solo la signora e in questi ultimi giorni ho visto lei, ma i primi tempi c'era un gran via vai».

«Quando viene la signora?»

«Quasi tutti i giorni.»

«A che ora?»

«Non ha un'ora fissa, capita quando può. In genere al mattino.»

Dalle scale giunse un rumore e la donna girò la testa con uno scatto istintivo. Soneri pensò che non se ne perdesse uno.

«È in confidenza con la signora Rocchetta?»

«Come tra vicini.»

«La paga, vero?»

La vecchia arrossì e Soneri se ne accorse.

«Scommetto che lei ha anche le chiavi.»

Nessuna risposta, ma notò tre mazzi dentro un posacenere. Troppi per una donna sola sempre chiusa in casa.

«Le conviene raccontarmi tutto. Prometto che ogni

cosa rimarrà fra noi», esortò Soneri con fare addolcito. Lei lo guardò, parve rassicurata.

«Non ho molto da dirle. La signora mi ha chiesto di controllare se entra qualcuno. È una preoccupazione comprensibile, non crede?» aggiunse poi, come per sminuire il valore della confidenza.

«E ogni mattina le chiede chi è passato?»

«Sì, anche solo per telefono. Se le dico che è capitato qualcuno, allora viene a controllare.»

«Non le pare strano tutto questo traffico?»

«Dopo quel che è successo...» alzò le spalle la donna.

Era quindi la sorella a scrivere quei biglietti. Ma perché? Si congedò dalla vecchia ed entrò in casa Rocchetta. Questa volta non perse tempo a cercare, svitò la base dell'apparecchio telefonico e vi sistemò il recorder. Poi collegò i fili e riavvitò il tutto.

Quindi andò a casa, cenò e si mise a sonnecchiare sul divano, pensando alle mosse successive. Alle quattro si svegliò, come da abitudine. Anche in vacanza e quando non aveva impegni. Un riflesso condizionato. Saltò giù dal letto e preparò il caffè. Poi uscì e si diresse in via Marsala, ma davanti alla porta di compensato della cantina dei Rocchetta fece una sosta. Aprì il lucchetto ed entrò illuminando il locale polveroso con la torcia. C'era un comò vecchio con tre cassetti. Trovò i quaderni di scuola dei ragazzi. Ne aprì uno a caso. Un tema di Roberto: «In gita con papà».

Dietro uno sportello più in basso c'erano le foto di famiglia. I figli piccoli, la comunione, le istantanee delle vacanze e qualche altra inquadratura in campagna, di quelle che si fanno per finire il rullino. In tutte solo quattro soggetti ricorrenti, i Rocchetta, e occasionali comparse. Una di queste era una donna di mezza età, ritratta fra Rinaldo e Roberto. Sul retro c'era scritto: «Compleanno di zia Edda».

Mise in tasca la fotografia: non sapeva di nessuna parente con quel nome e Mario Rocchetta aveva solo una sorella. La moglie era figlia unica.

Salì in casa dove smontò rapidamente il recorder e lo sostituì con un altro. Mezz'ora dopo aver decodificato la memoria dell'apparecchio era in via Costa: «Potresti controllare a chi è intestato il telefono con questo numero?» domandò all'agente di turno al terminale.

«Francesca Rimondi via Tommasi nove.»

Soneri scrisse in fretta e salutò.

5

Cadeva una pioggia fine che volteggiava nell'aria pizzicando la pelle. Tirò su il bavero del montgomery fino a sentire la stoffa ruvida sul mento e s'incamminò verso via Tommasi. Al numero nove c'era un piccolo edificio con intorno piante che oltrepassavano il tetto. Guardò i campanelli e sul secondo, dal basso, lesse *Fracassi-Rimondi*. Avrebbe voluto suonare, ma a quell'ora non avrebbe concluso nulla. Proseguì fino a casa dove prese a sfogliare uno dei quaderni dei figli di Rocchetta, soffermandosi su una fotografia che ritraeva una barca, forse un dodici metri, sulla prua della quale stavano in posa Mario Rocchetta e la moglie. Lesse il racconto di Roberto, parlava della «barca di papà» e di una gita a Portovenere.

L'imbarcazione, l'auto, l'appartamento, il camper, i buoni del Tesoro per decine di milioni... Come poteva permettersi tutto questo con lo stipendio di due milioni e seicentomila lire al mese?

L'indomani telefonò ai colleghi della riviera ligure di Levante: «Cerco una barca ormeggiata, dovrebbe essere lì da un pezzo. È un dodici metri, scafo in fibra...» Diede il nome del proprietario.

La risposta non tardò: era stata tirata in secco e depositata in un magazzino. Le fatture della custodia risultavano regolarmente pagate.

A metà mattina tornò in via Tommasi. Suonò e attese qualche istante. Finalmente sentì aprirsi una finestra e tra i rami una donna non più giovane ma ancora piacente lo scrutò con diffidenza.

«Polizia, avrei da chiederle alcune cose.»

In risposta sentì lo scatto della serratura.

«Mi chiamo Soneri», si presentò.

La donna non disse nulla. Si scostò per farlo accomodare.

«Sono qui per il caso Rocchetta», aggiunse.

«Io cosa c'entro?»

«Perché Franca Rocchetta le telefona da via Marsala?»

Lei si bloccò. Poi sedette e nervosamente finse di sistemare alcune carte sul tavolo.

«È lei zia Edda, vero?» domandò quasi con noncuranza Soneri.

Allora la donna si alzò di scatto e prese a camminare per la stanza. Si fermò di fronte alla finestra dandogli le spalle.

«Sì, sono io zia Edda. Una cugina di secondo grado, senza nulla da nascondere. Avevo solo chiesto di rimanere fuori da questa storia.»

«Non ho nessuna intenzione di coinvolgerla», disse Soneri, «a patto che mi aiuti a capire.»

«C'è poco da capire», ribatté, «quando uno fugge o è minacciato o è perché va a stare meglio.»

«Lei per quale ipotesi propende?»

«Per la seconda.»

«Da quanto tempo Fracassi non è più suo marito?»

Soneri aveva quasi sussurrato per addolcire l'impatto. Ma ne era uscito un che di minaccioso.

«Da cinque anni», disse lei che pareva aspettare fin dal primo minuto quella domanda. E senza che le fosse richiesto aggiunse: «L'ho piantato io, non sopportavo più le sue assenze».

«È rimasta in buoni rapporti?»

«Ci si sente...»

«I figli sono col padre?»

«Adesso che sono grandi, sì. Non li biasimo, con lui hanno certo più prospettive.»

Soneri colse un sotterraneo rancore.

«Sua figlia è venuta a trovarla prima di partire?»

La donna ebbe un impercettibile sussulto. «Mi ha detto che andava negli Stati Uniti per affari e poi una breve vacanza a Miami.»

«Che genere di affari?»

«Non ne so nulla. Non parliamo mai di queste cose.»

«Fracassi le passa una quota mensile, spero.»

Lei alzò le spalle: «Sciocchezze».

«Perché la signora Rocchetta le telefona da casa del fratello?» insistette di nuovo Soneri tornando al punto da cui era partito.

«Non solo da lì», rise nervosamente. «Mi telefona spesso, siamo rimaste amiche malgrado tutto.»

«Malgrado che?»

«In certi momenti ci siamo odiate, ma è acqua passata.»

«Qual era il motivo?»

«Uomini. Puntavamo alla stessa persona.»

«Chi?»

«Quello che poi ho sposato», rispose con un candore disarmante. «Ma ora è finito tutto, lui vive con un'altra.»

«Frequentavate i Rocchetta?»

«Qualche volta. Si può dire che ci vedevamo separatamente. Io con la moglie e lui col mio ex marito. La famiglia, nel suo complesso, era noiosa: i figli sono sempre stati taciturni e Mario sapeva parlare solo di affari e di sport.»

Anche Soneri si era fatto la stessa idea, quella di un uomo avviluppato in un suo mondo incomunicabile.

«La moglie che tipo è?»

«Una persona colma di dispiaceri.»

Ripensò alle foto della donna, in cui risaltavano gli occhi:

grandi e quasi impauriti, con un fondo di disperazione. Diede un'occhiata all'appartamento approfittando del postino che chiedeva la firma su una raccomandata. Ampio e ben arredato. Buon gusto e ricchezza.

«È suo?» chiese, indicando attorno con un cenno vago alla donna che rientrava.

«Me l'ha lasciato il mio ex marito.»

«Non le ho chiesto che lavoro fa.»

«Pubbliche relazioni, organizzo convegni. Non è un mestiere con un nome preciso.»

La donna rimase in piedi a guardarlo. Anche Soneri era in piedi e avvertiva una sensazione di falso in tutta quella conversazione. Improvvisamente sentì un grande imbarazzo per il vuoto di idee che l'aveva colto.

«Le dispiace se torno a disturbarla?»

«Macché», mentì lei con giovialità, «venga quando vuole.»

Soneri si diresse ancora all'azienda dei telefoni. Strada facendo entrò in una cabina e fece il numero della questura.

«Il 3816732», chiese all'agente, «è fra i numeri controllati?»

Udì battere sulla tastiera, una breve pausa: «No, non risulta controllato».

Riagganciò. Le indagini avevano trascurato «zia Edda», ma un quarto d'ora dopo stava già osservando i tabulati delle sue telefonate. Bollette da un milione e più a bimestre. Chiese la distinta delle chiamate ma non era possibile averla.

Tobia, affondato al centro del divano dello studio, con la consueta aria pensosa rimuginava su quello che Soneri gli aveva appena riferito.

«Una barca? Non sapevo che avessero una barca. Certo, un dodici metri, scafo in fibra... Cento milioni come minimo li vale. Poi dipende dall'attrezzatura di bordo.»

«C'è molta gente che vive al di sopra delle proprie possibilità», disse Soneri. «Quell'Edda, per esempio.»

Tobia aggrottò la fronte mostrando di non conoscerla.

«L'ex moglie di Fracassi, Francesca 'Edda' Rimondi.»

Il viso dell'avvocato si rischiarò. «La conosco, gran bella donna. È vero, non ho mai capito di cosa viva.»

«Ha una casa costosa, paga un milione di telefono ogni due mesi ed è molto amica di Franca Rocchetta.»

«Da quel che ne so erano rivali. Tutt'e due andavano a letto con Fracassi.»

«Ho l'impressione che sappia un mucchio di cose.»

«Può darsi», disse Tobia lasciando cadere il discorso con una certa insofferenza che urtò Soneri, «ma io credo che la strada da seguire sia quella di Daretti. Dove corre il denaro...»

Annuì, non aveva mai trascurato l'idea di sorvegliare

Daretti ma sapeva ancora troppo poco per potergli fare domande. Conosceva solo la sua passione per le automobili, che condivideva con Fracassi. Da giovane aveva anche fatto il pilota nelle corse d'endurance. Poi un incidente e la lunga convalescenza, la carriera nel mondo bancario grazie alle conoscenze giuste.

Nel pomeriggio cercò Attolini, questa volta nel suo studio: aveva avviato un ufficio da assicuratore. Erano due stanze non lontano da via Costa. Nell'anticamera c'erano sedie allineate e un mucchio di vecchie riviste come in un ambulatorio medico. Lo studio vero e proprio era un po' più elegante, con antiche stampe e un tocco di modernità computerizzata.

«S'è proprio appassionato al caso», disse Attolini sedendosi dietro la scrivania.

«Lei conosce bene Daretti?»

«Bene no, ma ci siamo visti spesso, ai tempi della Verre. Lavoravamo molto con la sua banca e i dipendenti avevano una convenzione per i conti correnti.»

«Anche allora portava denaro all'estero?»

Attolini rimase in imbarazzo per qualche istante. Poi si rassegnò afflosciandosi contro lo schienale.

«Mi promette che nessuno saprà nulla?»

Soneri annuì.

«L'ultima volta Fracassi ha telefonato a mia madre e l'ha minacciata.»

«Stronzo!» disse Soneri tra i denti.

«Daretti», riprese Attolini, «ha sempre trafficato con l'estero: è la sua specialità.»

«Svizzera?»

«Sì. Anch'io sono stato sul punto di rivolgermi a lui. Fu quando vendetti. Avevo da investire, sa com'è...»

«E non lo fece?»

«No, chiedeva una provvigione troppo alta. E poi me l'aveva consigliato Fracassi, ho fiutato la trappola.»

«Pensa che i soldi serviti per la fuga di Rocchetta siano passati dalle mani di Daretti?»

«Niente di più facile», rispose l'uomo, «ma credo che siano solo una piccola parte di quelli che ha maneggiato.»

Squillò il telefono e Attolini rispose a nervosi monosillabi. Quando posò il ricevitore, Soneri gli rivolse una domanda secca come una coltellata: «In che modo è ricattato?»

Attolini si girò sulla sedia facendola scricchiolare.

«Uno con il mio passato... Gliel'ho detto: ho commesso molti sbagli. Se mi azzardassi... Ma non temo per me, è mia madre... La vedesse in che stato è dopo le conversazioni con Fracassi!»

«Dove posso trovare Daretti?»

«Adesso che l'hanno licenziato non so. Forse ha un suo studio.»

«Veniva spesso in fabbrica?»

«In genere verso il fine settimana a controllare la contabilità in nero. Il sabato e la domenica sembra che passare il confine con soldi contanti sia più facile. Lui ha una casa a Lugano e spesso trascorre le domeniche al lago. Deposita e torna.»

«Le risulta che lo faccia anche ora?»

«Non so, probabilmente sì. È pur sempre un mestiere redditizio.»

«Quanto chiedeva di provvigione?»

«Il cinque per cento.»

«Tanto.»

«Oh sì», disse l'uomo. «Al punto che Rocchetta aveva preso in mano la cosa per risparmiare. Daretti non ne fece un dramma perché Fracassi gli trovò altri clienti.»

«Chi erano?»

«Un plotone. Noi, i Fiori, ma anche piccoli risparmiatori che davano a Daretti il loro denaro a balia, attratti dagli alti tassi di interesse.»

«Rocchetta si era messo in concorrenza?»

«No. Tutto sommato a Daretti conveniva stare buono, anche se l'altro aveva imparato bene il mestiere.»

«Non mi pare che Daretti sia stato tanto buono», obiettò Soneri, «i Fiori l'accusano di aver rubato loro dei quattrini.»

L'uomo parve innervosito dalla domanda.

«Non so cosa sia successo», rispose infine. «In quel momento ero già fuori dall'azienda. Quando si è in affari basta poco...»

«Provi a immaginare cosa può essere accaduto. Le chiedo un parere, un'ipotesi.»

Attolini parve sollevato di mettere piede nel campo delle congetture. L'immaginare lo poneva al riparo dalle responsabilità.

«È probabile che Daretti avesse stretto un patto con Fracassi per cavar soldi ai Fiori», disse. «In fondo è la conclusione logica dello strapotere di Fracassi.

«I fondi neri?»

«Certo. Il vecchio Fiori era moribondo, chi avrebbe potuto mettere il naso nel groviglio della Verre? Così si poteva far la cresta allegramente.»

«Lei ha un conto estero?» domandò Soneri con una certa brutalità.

Attolini si mise a ridere nervosamente.

«L'avevo. Un po' me lo sono mangiato, un po' me l'hanno mangiato gli altri.» Sul suo viso era comparsa una espressione di tristezza.

La porta nell'ingresso si aprì di scatto. L'uomo si alzò con un piccolo balzo e parve impaurito. Dopo un parlottare sommesso ricomparve con l'aria preoccupata.

«Mi aspettano», disse, «se avrà altre cose da chiedermi, prima di venire mi avverta. È meglio se ci vediamo altrove.»

Soneri uscì guardandosi attorno. Non trovò nessuno ad aspettare. Attolini doveva aver mandato via il cliente nel timore riconoscesse il poliziotto.

Fuori era buio. Si diresse verso la casa di Daretti, nel quartiere residenziale della città solcato dai grandi viali alberati della circonvallazione. Era giovedì e l'indomani forse sarebbe stato il giorno buono per uno dei fine settimana sul lago di cui parlava Attolini. La casa aveva solo quattro appartamenti e al centro del cortile c'era una fontanella che sprizzava acqua dentro una vasca coi pesci rossi.

Notò una Jaguar con targa svizzera e Soneri pensò che doveva essere la macchina di Daretti. Costeggiò il perimetro dell'edificio e svoltò a sinistra. La ringhiera si trasformava in un muro alto quanto un uomo che lasciava posto solo a una postierla di legno, passaggio secondario verso il giardino e il garage.

Entrò in un bar dall'aria trasandata. Si accomodò al banco: dalla vetrina si vedeva l'autorimessa.

«Una birra scura.»

Quando il barista si avvicinò col boccale gli si rivolse in tono indifferente: «Chissà quando gli vien voglia di partire, a quello lì».

Il barista allargò le braccia, con aria complice.

«Però mi hanno detto che è un abitudinario, no?»

«Di solito parte il venerdì verso le cinque del pomeriggio, a volte anche prima.»

«Devo andare con lui», sussurrò Soneri accostando le labbra all'orecchio del barista, «porta denaro, meglio essere in due.»

L'altro scosse la testa con aria grave ma s'inorgoglì per la confidenza. Soneri nel frattempo pensava che con la sua Alfa avrebbe tenuto agevolmente il passo della Jaguar di Daretti.

Filò al *Milord*, aveva una gran fame. Crêpes, con una bottiglia di Pinot freddo. Dopo aver ordinato telefonò a Tobia.

«Vado in trasferta, questo fine settimana.»

«Dove?»

«Svizzera.»

L'altro commentò con un'esclamazione d'intesa.

«Una volta tanto mi dai retta», disse.

«Do retta a tutti, se mi danno buoni suggerimenti.»

«Quando parti?»

«Domani alle cinque. Ma prima devo fare un lavoretto. Te ne parlerò poi, ho in mente che *zia Edda* possa dirmi molte cose.»

Riattaccò. Quando giunse al tavolo Alceste stava portando le crêpes.

A metà pasto estrasse il piccolo recorder dalla tasca del montgomery e coi polpastrelli considerò i contatti. Lo rassicurava sentire le lamelle ripassando la successione con cui avrebbe dovuto collegarle.

Fuori la pioggia sottile non cessava. Quando uscì si alzò sotto gli orecchi il bavero corto. Attraversò il centro prendendo per i borghi. Un lungo giro fatto apposta per tirare oltre mezzanotte, anche se già due ore prima le strade erano deserte.

Aveva individuato la centrale telefonica di smistamento, e con l'arnese l'aprì. Isolò i contatti che lo interessavano e piazzò il recorder nascondendolo dietro un fascio di cavi. Il venerdì raramente si eseguiva la manutenzione e nessuno avrebbe aperto la centralina a meno di un grosso guasto. Se le sue stime erano azzeccate, la telefonata sarebbe stata fatta con ogni probabilità tra venerdì e lunedì.

Ritornando passò da via Marsala. Aprì la cantina e rimise a posto il quaderno, poi salì nell'appartamento senza accendere la luce e attento a non provocare il minimo rumore. Smontò il fondo dell'apparecchio ed estrasse il recorder. E poi di nuovo fu sulla strada bagnata, opaca e odorosa di foglie marce.

Decise che per l'indomani sarebbe stato meglio usare una macchina a nolo, o la Mercedes di Tobia. La sua spider rischiava di dare troppo nell'occhio.

Poi volle decifrare i numeri composti nell'apparecchio di casa Rocchetta. Alle due, a lavoro compiuto, Soneri si sentì finalmente pronto per andare a dormire. Tre telefonate in tutto: due a casa Rimondi e la terza al numero privato di Fracassi. Era la conferma che cercava.

6

«Ho bisogno della tua macchina», disse a Tobia.

L'altro lo guardò incuriosito anche se era abituato alle sue decisioni improvvise. Allungò le chiavi.

«Mi metto dietro Daretti, dovrebbe muoversi attorno alle cinque del pomeriggio.»

«E gli starai incollato al paraurti per trecento chilometri?» chiese Tobia.

«Non ho scelta, devo assolutamente scoprire qual è la banca.»

«Credo sia più facile saperlo stando qui che andando a gironzolare per la Svizzera», replicò Tobia con un tono di superiorità. Affiorava, come al solito, la loro differenza d'indole.

«Tutt'al più mi farò un giro», tagliò corto Soneri.

«Verrò a salutarti sotto casa», rise l'altro.

Salì sulla Mercedes, fece il pieno e controllò le gomme. Tobia lasciava la macchina ferma per settimane in garage. Verso mezzogiorno si mise al volante e passò da via Tommasi per controllare la chiusura dell'armadio metallico che conteneva la centralina di smistamento.

Mangiò al *Milord*. Entrecôte con patate fritte. Pensando che avrebbe sicuramente saltato la cena, ordinò anche il dolce. Alle quattro e mezzo salì in macchina. Si appostò pronto ad attenderlo: aveva una scorta di giornali e si mise a leggerli. Con la coda dell'occhio, osservava dal retrovisore. Passavano poche auto e il rumore nella via stretta le annunciava da lontano.

Alle cinque in punto vide spuntare il muso della Jaguar. Mise in moto e si accodò. Daretti non era solo, c'era con lui una donna abbastanza giovane. Sembravano davvero una coppia in partenza per le vacanze. Percorsero le vie cittadine in mezzo al traffico della sera. Soneri controllava la Jaguar a distanza e dovette bruciare un paio di semafori per tenere il passo.

A un tratto Daretti rallentò e Soneri gli si avvicinò troppo, distratto da un incidente che aveva bloccato la strada. Rischiava di farsi riconoscere e dovette accostare, ma l'altro partì deciso: lo lasciò svoltare e lo seguì. Erano ormai all'estrema periferia, imboccarono una strada che conduceva verso la campagna. Cominciò ad avere dei sospetti.

La Jaguar si fermò di fronte all'ingresso di una villa. Un colpo di clacson e il cancello si aprì. L'auto sparì tra le siepi del giardino e Soneri fu costretto a proseguire per un tratto. Decise di attendere in un punto da cui poteva controllare l'ingresso senza dare nell'occhio. Aspettò per lunghi, insopportabili minuti, finché mise in moto e imboccò un viottolo che girava intorno alla villa: scoprì un'altra uscita, una via sterrata a uso della dépendance. Sull'asfalto scorse segni di pneumatici: probabilmente quelli della Jaguar.

Non sopportava d'essersi lasciato fregare come un pivello. Partì sgommando ed entrò in autostrada, schiacciando a fondo l'acceleratore. La Mercedes filava liscia e veloce e quell'andatura scaricava la sua rabbia.

A Milano si diresse direttamente in via Muratori, dov'era la Simpat. Conosceva la società, sulla quale aveva indagato tempo addietro. Parcheggiò e proseguì a piedi. A metà della strada ecco la Jaguar: il radiatore scottava ancora.

Erano le sei e mezzo, gli impiegati già a casa, ma al terzo piano del palazzo le luci rimanevano accese. Salì e si appostò sulle scale. Da un finestrone poteva vedere tutta la via. Poi sentì la porta schiudersi e Daretti che si accomiatava. Decise un cambio di direzione: avrebbe interrogato il funzionario della Simpat.

Osservò Daretti salire in auto, da solo. Che fine avesse

fatto la donna non lo sapeva. Poi raggiunse la porta e suonò. Un uomo venne ad aprire e il suo viso gli era noto.

«Rieccomi, caro Rava», disse.

L'altro recuperò un buonumore forzato e si fece da parte.

«Questa volta cos'è successo?» bisbigliò sedendosi al tavolo dell'anticamera.

Soneri si guardò intorno ed ebbe la conferma che gli uffici erano deserti.

«Avete conservato una bella clientela», iniziò.

Rava fece una smorfia, poi assunse un tono spavaldo. «Cosa vuoi?»

Soneri non tollerava d'essere trattato così.

«Se mi fai incazzare ti rivolto l'ufficio come una calza.»

Rava sorrise, mellifluo. «E perché dovresti? Sai che abbiamo sempre collaborato, no?»

Il tono sardonico di Rava stava per farlo uscire dai gangheri. Estrasse i fiammiferi e un sigaro. Tirò alcune boccate profonde fino a che non vide la brace coprire tutta la corona del toscano.

«Daretti porta qui soldi sporchi. Di chi sono?»

L'altro non si scompose. «Ah, saperlo. Lui li investe ma, come sai, il consulente non svela il nome del mandatario.»

«Vengono dai soci della Verre», tagliò corto Soneri.

«E allora perché me lo chiedi?»

«Per sapere quali parti ne fanno.»
«Non lo so, giuro.»
«Quanto porta ogni settimana?»
«Settanta, ottanta.»
«In contanti?»
«Sì, dentro delle buste.»
«Come li investite?»
«Varie forme, che cura direttamente Daretti. La prevalente è però quella monetaria.»
«Valuta estera?»
«Certo.»
«In Svizzera, vero?»
«Non ci vuole molto a capirlo.»
«I beneficiari sono Fiori e Fracassi?»
Rava assentì dopo aver riflettuto per qualche istante.
«Ci sono altri?»
«Mi pare un altro, ma poca roba, un'inezia.»
«Cerca di ricordartelo.»
«È inutile, non l'ho mai visto.»
«Da quando sono aperti questi conti?»
«Anni.»
«E chi è la donna che accompagna Daretti?»
«Quale donna? È venuto solo.»
«C'era una donna che ha viaggiato con lui.»
Rava fece cenno che non sapeva cosa dire. Poi aggiun-

se con ironia: «Mi hai già chiesto abbastanza degli affari privati. Per le faccende di cuore non posso aiutarti».

Soneri non era convinto che si trattasse di una faccenda di cuore.

«Dove andava ora? Alloggia qui o va a Lugano?»

«Cosa vuoi che ne sappia. Lui porta i soldi e se ne va.»

«Se si ferma qui che albergo frequenta? Questo almeno lo saprai...»

«Il *Cardinal*.»

Quando uscì dall'ufficio di Rava, invece di scendere, risalì all'ottavo piano dove abitava il portiere.

Gli aprì la moglie, un po' spaventata quando le disse che era della polizia. Il marito lo conosceva dai tempi della vecchia indagine. Tirò fuori una foto di Mario Rocchetta e gliela mostrò. «Viene spesso qui?»

Il portiere si grattò dietro un orecchio e inclinò la foto per sfruttare meglio la luce. «Certo, lo conosco, va al terzo piano. Alla Simpat.»

«Quante volte viene?»

«Una volta al mese, circa. Ultimamente capitava più spesso.»

«È solo?»

«Quasi sempre. Ma un paio di volte, se ricordo bene, è venuto con una donna, una donna bionda, giovanile.»

Si congedò dal portiere, un ex carabiniere sempre orgoglioso di collaborare. Mezz'ora dopo parcheggiò davanti all'hotel *Cardinal*. Il cielo si era rasserenato ma c'era un presagio di nebbia.

«Cerco il signor Francesco Daretti. Dovrebbe essere qui.»

L'impiegato della reception aggrottò la fronte. «Non mi pare d'averlo visto oggi.»

Consultò il registro delle presenze. «No, non c'è, ricordavo bene», disse infine.

«Viene al venerdì, di solito?»

«Sì, raramente al sabato.»

«E quanto si ferma?»

«In genere due notti, il fine settimana», rispose l'impiegato che tuttavia cominciava a insospettirsi.

«Sono un amico. Capitando a Milano per caso, ho tentato. Mi sarebbe piaciuto incontrarlo.»

L'altro si rasserenò al tono piagnucoloso di Soneri.

«È stato sfortunato, di solito è qui.»

«Senta», sussurrò Soneri in tono confidenziale, «ha sempre quella donna... Quella bionda, giovane...»

L'impiegato tornò a guardarlo interrogativo. «In genere è solo, non saprei...»

«Oh», fece Soneri rimproverandosi, «questi sono particolari che non dovrei dire. Ho la lingua troppo lunga.»

«Non si preoccupi», disse l'altro, convinto solo a metà.

Salì in macchina e decise di tornare a casa. In autostrada c'era nebbia, si mise dietro a un camion che marciava lentamente. Pensava ai conti svizzeri di Fracassi e Fiori, alla intermediazione della Simpat e ai misteriosi viaggi di Daretti in Svizzera che si fermavano a Milano. Di nuovo provò ammirazione per Rocchetta che se n'era andato piantando tutto, trovando forse la libertà che gli altri non avevano, chiusi nei loro ruoli come in una pièce teatrale. Nel frattempo, guardava fuori il nero spesso della nebbia immaginando il sole dei mari tropicali.

A casa spuntò un'altra lettera. C'era scritto: CHE POLIZIOTTO SEI? La strappò buttandola nel cesso. Era mezzanotte e si sentiva stanchissimo.

Il mattino dopo si trovò al bar con Tobia. Gettò le chiavi sul tavolo. «La tua macchina frena male, fai controllare i dischi», disse.

«Qualche disavventura?»

«Mi hanno seminato, ma li ho ripresi.»

Ridendo Tobia chiese due bicchieri di Porto.

«Daretti porta i fondi neri a Milano, alla Simpat, che poi li trasferisce in Svizzera. Là ci sono almeno tre conti aperti, due intestati al vecchio Fiori e a Fracassi, il terzo ignoro di chi sia.»

«Qual è la banca?»

«Ancora non lo so, ma è un giro grosso. Ogni settimana Daretti va su coi soldi e ultimamente ci andava anche Rocchetta.»

«Bella storia», disse Tobia annusando il vino.

«Parte con una donna bionda la quale sparisce a metà del viaggio.»

«Mi risulta che sia vedovo e che non abbia una donna. Almeno una fissa. È un tipo cui interessano più gli affari.»

«Allora la faccenda diventa ancora più saporita.»

Tobia scaldò il Porto facendolo roteare nell'ampio bicchiere e annusandolo di tanto in tanto. Soneri lo guardava leggermente infastidito da quella leziosità.

«Tutto si spiega tranne quella donna», riprese. «Non capisco che ruolo abbia.»

Tobia continuava a rimirare il vino.

«Cosa andava a fare Rocchetta alla Simpat?»

«La società fiduciaria funziona come una banca mobile, lui portava i quattrini.»

«Quelli per andarsene dove li ha presi?»

«Presumibilmente faceva la cresta sul denaro occultato. Oppure aveva la possibilità di accedere a questi conti in nero... e nessuno era in grado di denunciarlo.»

«Secondo te avrebbe potuto prendere i soldi e scappare?»

«È possibile», disse Soneri. «È anche possibile che avesse un suo conto. Il terzo, forse.»

Tobia fece un cenno d'assenso.

«Quanto pensi che si sia portato via?» chiese Soneri.

«Per fare una vita tranquilla? Dieci miliardi. Probabilmente di più, forse quindici. Un tipo prudente.»

Quindici miliardi depositati in qualche paradiso fiscale caraibico, ottocento milioni in case e depositi lasciati alla sorella in cambio del suo silenzio e dell'opera di depistaggio, qualche ulteriore spicciolo per pagare qualcuno che tenesse i contatti con la famiglia.

Rocchetta e il suo piano, la sua straordinaria strategia, si stagliavano sempre più limpidi nella mente di Soneri. Tutti i giorni, ripercorrendone passo dopo passo le mosse, ne scopriva le qualità, l'attenzione per i particolari, con l'occhio sensibile dell'investigatore. E la sua ammirazione cresceva di pari passo con l'indagine.

Un uomo taciturno, posseduto da pensieri ossessionanti, persino corrosivi, culla di una fuga perfetta. Ci aveva pensato per anni nel grigiore della sua vita mediocre. Divenuto senza particolari meriti il complice di un giro illegale di denaro, s'era forse sentito autorizzato a forzare la mano senza provare rimorsi e aveva messo in piedi un'uscita perfetta, costruendola giorno dopo giorno come un veliero di fiammiferi.

«Io non sono convinto che abbia fatto tutto da sé», disse Tobia. «Quando uno fugge c'è qualcuno che lo lascia andare. E soprattutto nessuno che lo va a riprendere.»

Si alzarono. Soneri non vedeva ancora chiara la trama come avrebbe voluto, eppure la nebbia che aveva di fronte lo sfidava a buttarcisi dentro. Tornò in via Marsala, a mezzogiorno. Salì le scale senza precauzioni, dietro le porte si sentivano tramestii di piatti e rumori di cucina. Per dare un'aria ufficiale alla visita, portò con sé un collega in divisa che si piazzò di fianco all'uscio come un piantone. S'immaginava la vecchia dietro lo spioncino, i piedi sullo sgabello per osservare più comodamente.

Entrò e tolse il secondo recorder dall'apparecchio, poi uscì facendo un cenno al collega. La scatoletta aveva memorizzato sette numeri urbani. Quattro chiamate per Francesca Rimondi, una al numero di un parrucchiere e una a quello della madre. L'ultima all'indirizzo telefonico di un avvocato che Soneri non conosceva: Giovanna Predieri. Un numero privato, quello dell'ufficio lo trovò sull'elenco.

«Sì, so chi è», disse Tobia al telefono. «Una civilista che s'arrangia col lavoro che le passano le sue amiche ricche. Bionda, appariscente. Mi dicono che passa molto tempo dal parrucchiere e nei salotti.»

La risposta di Tobia lo incuriosì. Mezz'ora dopo era in via Rosmini, dove la donna aveva l'ufficio. Suonò e quando gli venne aperto s'infilò in una casa elegante, lussuosa. Trovò la porta dell'appartamento socchiusa ed entrò. Sulla soglia Giovanna Predieri, e Soneri ebbe un sobbalzo: era la donna bionda che aveva visto assieme a Daretti.

«Soneri», disse allungando la mano.

L'altra lo squadrò con aria spavalda e un sorriso vagamente beffardo sulle labbra.

«S'accomodi.»

Aveva la gonna corta e un vestito profondamente scollato: era davvero appariscente con quell'aria maliziosa.

«L'ultima volta che ci siamo visti non c'è stato il tempo per le presentazioni», ammise Soneri.

«Ah, era lei? Noi pensavamo a un malvivente, c'è già capitato di essere inseguiti e speronati.»

«Sapete difendervi bene.»

«Devo dire che Daretti, in quanto a guida, ci sa fare.»

«Lo conosce da molto?»

«Da un bel po' di anni.»

«Amanti?»

Lei scoppiò a ridere. «Se non fossi una donna spiritosa dovrei metterla alla porta o darle una sberla.»

«Proprio perché sapevo delle sue qualità ho azzardato.»

«Comunque si sbaglia: Daretti non è il mio tipo e tra noi ci sono solo rapporti d'affari.»

«Che affari?»

«Lei è proprio curioso. Entra qui senza appuntamento e senza mandato, comincia a far domande sulla mia professione. So a malapena il suo nome.»

Soneri si era stancato di quella manfrina.

«Sa benissimo perché sono qui.»

«Posso immaginarlo, i poliziotti vogliono tutti le stesse cose.»

«Così è più facile, per lei.»

La donna si fermò a metà del giro intorno a un tavolo rotondo, quasi a frapporlo fra sé e Soneri.

«Conosco Daretti da quindici anni, non credo sia rilevante il fatto che ci vediamo e salga in auto con lui.»

«No di certo», rispose Soneri, «ma fate viaggi troppo abitudinari per essere piacevoli.»

«Le ripeto: ho solo rapporti d'affari.»

«È proprio per questo che mi interessano. Che genere di affari?»

«Curo gli interessi di alcuni miei clienti.»

«Vale a dire?»

«Il vecchio Fiori era un uomo brillante in vita, con molte collaboratrici. Ad alcune di esse ha riconosciuto una rendita.»

«Generoso», commentò Soneri con ironia. «E lei riscuote?»

«Non mi sembra il termine esatto. Gestisco le loro risorse.»

Soneri fece una smorfia, poi proseguì: «Così, visto che Daretti maneggia denaro nero, è da quella fonte che arrivano i soldi. Un modo per tenerlo nascosto ai curiosi e ai bilanci».

«Un sistema più rapido e discreto», lo corresse lei.

Soneri rise. «Estero su estero?»

«Sì.»

«Svizzera?»

«Certo.»

«Qual è la banca?»

«Non posso dirglielo.» Soneri non voleva concederle il vantaggio di una mossa falsa. Estrasse la scatola dei sigari con l'effigie del granduca Leopoldo prendendo tempo e cominciò a lavorare un toscano con le dita e le labbra.

«Facciamo un patto: lei mi dice la banca usata da Daretti e io lascio stare le sue clienti. Oppure preferisce si sappia che il vecchio era ricattato da una muta di mantenute?»

La donna si appoggiò al tavolo con entrambe le mani. «Cosa vuole che m'importi, ormai il vecchio è morto, che scandalo sarebbe? La moglie era al corrente di tutto.»

«Allora perché continua a pagare?»

«Perché immagina che queste donne sappiano molte più cose di quelle che in realtà conoscono. E poi per non infastidire i figli. Le fa passare per spese personali.»

«Tradita e benefattrice», constatò Soneri.

«È una donna d'azienda, più che una moglie. Era da un pezzo che aveva rinunciato a quest'ultimo ruolo.»

«Qual è la banca?» insistette Soneri. «O preferisce rovinare il generoso tran tran della signora Fiori?»

«La SBS», disse tra i denti la donna. «E lei è il peggior ricattatore.»

«Ammetterà che ho armi infinitamente meno convincenti delle sue assistite.»

«Vada a cagare, Soneri.»

7

L'auto di Elker, una grossa Toyota, parcheggiò nel piazzale ai bordi del lago. Era sempre puntualissimo, e tuttavia prima di fermarsi passava una volta o due in prudente perlustrazione. Agiva con una pignoleria maniacale e aveva studiato a lungo i metodi del Mossad. Parlava un italiano un po' legnoso, come molti tedeschi, ed era il miglior investigatore bancario che Soneri conoscesse in Svizzera. La bassa statura e un viso appuntito con un gran naso lo facevano assomigliare a un roditore: Soneri lo immaginava sgusciare in immensi archivi tra pile di documenti e registri.

«È una brutta giornata per andare al lago.»

«Ma ideale per stare tranquilli», rispose Elker.

Si avviarono verso un locale con veranda sulla riva, ma il collega dirottò Soneri in direzione di un altro ristorante più interno.

«Vado sempre lì», disse, «conosco i padroni e, ormai, anche la clientela.»

Soneri riconobbe le manie dei colleghi dei Servizi. Tutti cercavano di muoversi sfruttando luoghi familiari.

Nella sala, Elker si diresse verso l'angolo che dominava la porta d'ingresso e sedette con le spalle al muro. C'era solo un'altra coppia di persone, turisti fuori stagione, vicino a una finestra da cui si scorgeva l'acqua.

«Difficoltà?» domandò Soneri.

«Nessuna, è stato facilissimo», rispose l'altro. «Una banale ricerca di conti correnti.»

«Ricchi?»

«Un bel mucchio di soldi. Il conto più vecchio è intestato a Riccardo Fiori, ed è aperto da un decennio. Quello di Fracassi è più recente: sono quasi sette anni.»

«Ce n'è un terzo?»

«Sì.»

Soneri, con un cenno, lo invitò a continuare.

«È un conto abbastanza recente, risale neanche a sei anni fa. All'inizio raccoglieva pochi quattrini, veniva accreditato qualche milione per volta e periodicamente seguivano dei prelievi che lo riducevano quasi a zero. Poi anche questo deposito ha cominciato a lievitare, da tre anni a questa parte.»

«E ora?»

«Non sono rimasti che pochi milioni, i movimenti sono minimi. Il resto è stato prelevato.»

«Quanto?»

«Quattordici miliardi.»

«Quando è avvenuta l'emorragia?»

«Un paio d'anni fa.»

Le date coincidevano con la partenza e la scomparsa dei Rocchetta. Ma, soprattutto, Soneri non aveva saputo trattenere un moto di stupore di fronte all'entità della cifra, fino a quel momento solo presunta.

«Sugli altri depositi quanto c'è?»

«Trenta su quello di Fiori e una ventina sull'altro. Credo sia avvenuto un passaggio di denaro tra il conto di Fracassi e il terzo che ho citato. Mentre l'ultimo cresceva, l'altro calava in misura uguale.»

«Come se Fracassi avesse effettuato un pagamento?»

«Proprio così», disse Elker mostrando a Soneri un dettagliato promemoria.

In quel momento il cameriere mise sul tavolo un piatto di pesce al cartoccio. Soneri scelse un bianco delle Ardenne di cui ricordava il gusto secco e forte.

Elker iniziò a sezionare il pesce con perizia da chirurgo e lui ne ammirò la competenza anche in fatto di cucina.

«Sai già chi porta i soldi qui?» chiese il collega.

«Lo conosci?»

«Qui tutti conoscono Daretti. O meglio, tutti quelli che

hanno a che fare con banche e automobili di lusso. È socio di un autosalone di Lugano che commercia in macchine costose, Ferrari soprattutto. Un grosso trafficante che passa qui gran parte dei fine settimana.»

«Lui però non si sporca le mani, e consegna i soldi a Milano.»

«Sì», confermò Elker, «molte banche svizzere hanno degli sportelli mobili per raccogliere i risparmi di chi non affronta il rischio di una esportazione in proprio. Uno di questi è la Simpat.»

Nel locale c'era un silenzio sottolineato dal bisbigliare della coppia di turisti e da un'eco lontana di risacca.

«Ti appassiona questa storia?» domandò Elker.

«Tutte le sparizioni mi affascinano.»

L'altro fece un cenno d'assenso con il capo, e sollevò il bicchiere.

«Salute», fece Soneri.

«Hai un'idea di dove siano spariti?» chiese Elker.

«No. Un luogo da ricchi, immagino.»

«Una fuga ben fatta. È gente che conosce perfettamente la tecnica bancaria per non lasciare segni. Ho cercato di capire dove si sono diretti i capitali, ma il movimento è stato fatto tramite una società di intermediazione.»

«In questa storia», disse Soneri, «ci sono ladri e derubati, ma questi sono a loro volta disonesti e non possono imputare ad altri quel che potrebbe ricadere su di loro.»

«I soldi rimarranno sempre il motore di tutto. Uno tiene d'occhio il denaro e spiega il mondo.»

Trangugiò un calice di bianco, poi riprese la sua consueta aria distaccata e sorniona. Elker era un ex imprenditore rovinato da soci senza scrupoli. Da allora si era dedicato ai Servizi, una professione che gli consentiva di continuare a vivere nel mondo finanziario, seppure coprendo un altro ruolo.

Quando uscirono dal ristorante, la luce calava già nel grigio del pomeriggio. Elker si diresse verso la propria auto, attorno alla quale girò un paio di volte prima di aprire la portiera. Era diffidente come una faina.

«Buona fortuna, Soneri.»

«Alla prossima», rispose lui mentre l'altro metteva in moto. Scomparve dietro la siepe e Soneri pensò che gli uomini dei Servizi erano un po' tutti così: gente strana e spaiata, affondata in solitudini da cui emergeva una maniacalità che proliferava fino all'ossessione.

Ora che sapeva dei conti svizzeri, era ansioso di controllare i tempi dei movimenti bancari per metterli a confronto con quelli degli investimenti immobiliari di Fracassi.

La domenica si svegliò presto. Fuori era ancora buio e i lampioni illuminavano il selciato color dell'acciaio. Si preparò un paio di uova alla coque e stappò un frizzantino messo al fresco la sera prima. Poi esaminò il conto di Rocchetta per rileggere cose che Elker gli aveva già anticipato. Notò che circa un mese prima, dal conto di Fracassi, era uscita una somma di venti miliardi. Quello di Fiori era invece cresciuto molto nei primi anni, ma di recente il ritmo delle entrate e delle uscite era analogo.

Soneri contemplava quel denso accumulo di cifre e date: il racconto in numeri di ciò che era accaduto. Una fotografia che doveva ancora passare dallo sviluppo e decantare dentro gli acidi.

Prese il telefono e fece il numero di Attolini. Intanto, fuori si era fatto giorno, ma dominava il solito grigio. «Ho bisogno di parlarle», disse.

L'altro aveva una voce assonnata. «Perdio Soneri, a che ora mi chiama?» In sottofondo si distingueva il brontolio della vecchia.

«Mi scusi, dimenticavo che è domenica.»

«Sa, è per mia madre. Pensa sempre che io sia in pericolo e tutte le telefonate a ore insolite la spaventano.»

«Mi dispiace, ma è importante», sbuffò Soneri.

«Facciamo tra un'ora. Dietro il Comune c'è una piazzetta con un bar, vediamoci lì.»

Infilò il montgomery e scese. Avrebbe fatto il giro un po' più lungo per passare davanti alla centralina di via Tommasi e dare un'occhiata. Si accostò fingendo di allacciarsi una stringa e vide che lo sportello metallico era chiuso come l'aveva lasciato.

Attolini stava sbadigliando.

«Mi scusi ancora.»

L'uomo fece un cenno noncurante. «Chi dorme poco preferisce il sonno del mattino.»

Il bar era vuoto, piuttosto scalcinato, con le sedie sopra i tavoli e la padrona che lavava il pavimento. Soneri attese che l'uomo bevesse il caffè per cominciare con le domande.

«Sapeva che Rocchetta aveva un conto svizzero?»

«Non ne avevo la certezza, ma me l'immaginavo.»

«Lo immaginava?»

«Era troppo in familiarità con l'altro. Troppo per non diventarne complice.»

«Questo non significa niente.»

«E invece sì, se in mezzo ci sono capitali da stornare.»

«Ma Fracassi sapeva, perché nasconderli?»

«Non li voleva nascondere a Fracassi, ma a tutti. Non dimentichi che è un campagnolo, di quelli che dissimulano sempre la propria ricchezza. E poi, chissà, forse all'inizio Rocchetta giocava per sé.»

«Vuol dire che intascava soldi all'insaputa dell'altro?»

«Lui recuperava crediti dati per persi, che incassava in nero. Uno con questo mestiere può facilmente fare la cresta. Sapeva del conto di Fiori in cui talvolta versava: come resistere alla tentazione di aprirne un altro in cui far sparire qualcosa? Consideri il figlio tossico.»

Soneri estrasse i sigari e se ne accese uno. Tutto ciò

poteva spiegare i modesti importi iniziali e lo stillicidio di depositi e prelievi.

«In un posto in cui tutti rubano...» suggerì Attolini.

Soneri guardò la distinta dei movimenti bancari. «Certo che poi anche lui s'è messo in grande.»

«Sembra un paradosso, ma dev'essere stato quando è caduto in disgrazia.»

«Fiori se n'era accorto?»

«No, Fiori aveva altro a cui pensare. Se ne accorse Fracassi quando un cliente raccontò di essere stato vittima di un ricatto. Rocchetta aveva calcato un po' troppo la mano. Fracassi si infuriò non tanto per le cifre, che erano modeste, ma perché qualcuno aveva giocato senza il suo permesso.»

«Cosa accadde?»

«Voleva licenziarlo, ma poi ha preferito rivoltare la situazione a proprio favore.»

«In che modo?»

«Prima una sceneggiata con minacce. Dopo aver ridotto Rocchetta a uno straccio, l'ha fatto diventare il più fedele dei complici. Gli ha persino concesso uno scatto di qualifica.»

«E dov'è che ha sbagliato Fracassi?»

Attolini scosse la testa.

«C'è solo una spiegazione», rispose, infine, «anche lui ha esagerato. Ha voluto spremere troppo.»

Soneri rimase pensoso col sigaro che fumigava tra l'indice e il medio. Si alzarono.

«Mi dispiace ma devo accompagnare mia madre a messa... Le sembra ridicolo? Un ritardo la manda in bestia per due giorni.»

Si salutarono. «Mi chiami in ufficio se ha bisogno.»

Anche Tobia si era appena alzato e lo accolse in vestaglia di velluto e raso che lo faceva assomigliare a una specie di sacerdote. Soneri lo squadrò un po' infastidito. «Ancora lì?»

«Svegliarsi presto non fa funzionare bene il cervello.» Si punzecchiavano ormai più per vizio che per necessità.

«Nonostante il cervello inceppato, ho conservato un buon fiuto», ribatté Soneri mostrando i risultati delle indagini sui conti.

«Il giorno in cui non mi risponderai stizzito penserò che ti si sono davvero liquefatte le meningi. Mettiti comodo... Un bel lavoro», concluse Tobia dopo aver analizzato i documenti. «E ora mi spiego anche perché Daretti è caduto così ingenuamente nel rischio di farsi denunciare per appropriazione indebita.»

Soneri lo guardò incuriosito e interrogativo. Intuiva che l'amico aveva scoperto qualcosa nei conti che a lui era sfuggito.

«Guarda qui.»

«Il conto non s'è mosso... Nessun movimento tra dicembre e gennaio, né tra maggio e giugno. Il conto di Fiori non ha registrato significative entrate malgrado la chiusura dei bilanci.»

«Significa che non c'è stato utile.»

«Più verosimilmente che non è stata caricata la quota di utile in nero», disse Tobia. «Si tratta dell'anno in cui il vecchio Fiori era moribondo e forse gli altri ne hanno approfittato. Ma poi il figlio ha controllato i depositi di famiglia e deve aver chiesto spiegazioni. Per questo Daretti ha fatto ricorso a ogni acrobazia finanziaria tentando di far credere che i soldi c'erano, sì, ma altrove. Non gli restava altro che rastrellare tutti i quattrini affidatigli dalla clientela, e tuttavia la somma da raggiungere era troppo alta al punto da dover attingere anche ai miliardi del cognato di Fiori.»

«Un'ipotesi complessa.»

«Però plausibile. Non si spiegherebbe altrimenti la stupidaggine di razziare quattrini a uno della famiglia. Solo un disperato agisce così. Specie se è con l'acqua alla gola, e al tempo stesso è scaltro e abilissimo in finanza come Daretti.»

Soneri ascoltava in silenzio sorseggiando lentamente dal bicchiere. Si stava convincendo che non poteva essere andata diversamente. Far sparire cinque miliardi di famiglia era una sciocchezza troppo grossa sotto ogni punto di vista.

Il telefono distolse Tobia dalla conversazione e Soneri, quando capì che il colloquio si sarebbe protratto a lungo, preferì congedarsi dall'amico con un cenno della mano.

Il Porto gli aveva stuzzicato l'appetito e il clima umido gli mise addosso la voglia di un'entrêcote al sangue. Rimase più del dovuto al *Milord* di fronte a un sontuoso Barolo. Pensava con ostinazione a quell'uomo scomparso con tutta la famiglia.

Dal paese di Rocchetta non si aspettava certo nulla di utile: una passeggiata in cerca delle origini di quel personaggio sfuggente, taciturno e a suo modo geniale.

L'Alfa viaggiava nella Bassa tra canali e fossi che esalavano nebbie verso un cielo che conservava un ostile spessore grigio. Il paese era una piazza quadrata con la chiesa e il Municipio. Niente a che vedere con la grazia rustica di certi centri della pianura: sembrava piuttosto che tutto fosse stato rimesso in piedi alla bell'e meglio dopo un terremoto.

Gli indicarono la casa. Nell'aia gli venne incontro un cagnetto stizzoso a cui non fece caso, poi sull'uscio si mostrò il viso conosciuto della sorella di Rocchetta.

«Sapevo che ci saremmo visti qui», disse lei, vagamente ostile.

«Se non è il momento, me ne vado», ribatté Soneri,

immaginando l'imbarazzo di entrare in una grande cucina piena di parenti.

«No, perché?» riprese la donna, «siamo sole.»

Questa affermazione lo sorprese: si era immaginato che la vecchia avesse molti ospiti.

Entrando notò l'arredamento moderno e stonato.

La madre era una donna anziana e un po' curva, con una faccia afflitta e grinzosa. Si presentarono.

Dopo i convenevoli a Soneri sfuggì una considerazione a voce alta che passò per una domanda: «Si è più vicini ai ricordi, di domenica...»

«Oh! Son tutti uguali i giorni», rispose la vecchia.

«Ma di domenica arrivava suo figlio.»

«Poche volte», disse lei, «e quando veniva preferiva passare il tempo a pescare sul Po.»

La figlia intervenne: «Non essere ingiusta, mamma, Mario era qui spesso ma tu non ci facevi granché caso». E poi, rivolta a Soneri: «Il fatto è che mio fratello andava e veniva senza avvertire, perché gli era rimasta l'abitudine di quand'era ragazzo e questa era casa sua».

«Quando l'ha visto per l'ultima volta?»

«Il giorno che è venuto a prendere quel coso, lì, come si chiama...»

«Il camper», suggerì la figlia.

«Ecco, sì, quel giorno lì. Era l'antivigilia della partenza. C'era anche Roberto, che l'ha accompagnato in macchina.»

«L'ha salutata, immagino.»

«Non è mai stato molto espansivo, non mi ha nemmeno detto dove andavano. Ha detto: 'Partiamo', e basta.»

«Non ti ricordi», intervenne ancora la figlia, «Mario ti ha salutata almeno due volte, una qui e una per telefono.» Di nuovo rivolgendosi a Soneri disse: «A ottantadue anni la memoria è ballerina».

La vecchia sembrò subire in silenzio le giustificazioni della figlia, ma quando parlò aveva un tono perentorio.

«Se dico questo è perché io a Mario ho sempre voluto bene.»

«Anche lui te ne ha voluto, mamma.»

«Forse», brontolò. «Certo che se è vero quel che dicono, che se n'è andato, che è scappato... Vede», si rivolse a Soneri con impeto, «da un certo punto di vista preferirei fosse morto. Pensi a cosa arriva una madre. Se è così posso pensare che lui mi abbia amata, a modo suo, magari, ma sinceramente. Se se n'è andato, invece, vuol dire che non gli importa nulla. Se gliene importasse non l'avrebbe fatto.»

«Mamma, stai esagerando di nuovo.»

«Non sto affatto esagerando, sei tu che cerchi di confondermi», ribadì indispettita.

La figlia gettò a Soneri un'occhiata che voleva essere un invito a comprendere, ma parve falsa.

«È tanto che non ricevo notizie, che non mi cerca. Significa che anche prima, quando veniva a trovarmi di sfuggita per andare a pesca o a lavorare su quel coso, non lo faceva per affetto.»

«Non le stava vicino?»

«Le madri recriminano sempre. Non si rassegnano all'idea che i figli vadano via di casa», intervenne la figlia.

«Non sono appiccicosa e lacrimevole», protestò la vecchia. «Mario è sempre stato un tipo solitario e taciturno fin da piccolo e non ci potevo fare nulla se era così. Viveva nel suo mondo e pensava molto a quel che doveva fare. Ha sempre avuto le idee chiare sul futuro. Proprio questo mi affligge: se ha pensato al suo domani lontano da qui l'ha fatto dimenticandosi di me, come se fossi già morta o mai esistita. È terribile, per un genitore.»

Gli versarono un vino rosso, forte e spesso.

«La perdoni, mia madre è sconvolta», intervenne ancora la figlia.

Soneri cominciava a essere infastidito da quegli interventi i quali non facevano altro che inasprire gli sfoghi della vecchia.

«Ho sperato che almeno prima di Natale si facesse vivo, potrebbe essere il mio ultimo Natale. Vede quel pino laggiù?» disse la donna indicando fuori dalla finestra nella nebbia. «L'ha sempre addobbato lui fin da quand'era ragazzo. Certe volte mi sveglio di notte, lo vedo pieno di luci e m'immagino che Mario sia tornato.»

«Qui in paese non avete parenti? Qualche conoscente?»

chiese Soneri pensando a quella casa vuota di domenica pomeriggio.

«Mio marito era un uomo con tanti amici, ma erano solo suoi. Noi», rispose la vecchia intendendo lei e i figli, con un gesto circolare, «stavamo sempre a casa. Poi Mario e Franca se ne sono andati in città a studiare. Nel frattempo molta gente è morta, e i giovani non li conosciamo più.»

«E Mario ne aveva di amici?»

«Nessuno. Non aveva amici, lui, e anche per questo mi ha sempre preoccupata. Al punto che mi sono stupita quando s'è sposato. Mi sono detta: Ma come ha fatto?»

«Mia mamma esagera.»

«Oh, non esagero mica. Quando arrivava qui diceva a malapena *ciao*, poi se ne andava a lavorare sul suo coso. Oppure a correre sull'argine, dopo che l'aveva preso questa mania», disse la vecchia risentita.

«Lo usava spesso il camper?»

«Ogni quindici giorni, più o meno.»

«Adesso esageri proprio, mamma», saltò su la figlia alzando la voce. Soneri ebbe l'impressione che si trattasse di un particolare che voleva tenere nascosto.

«Viaggiava spesso?» buttò lì.

«Sì, da solo», rispose seccamente Franca Rocchetta, «e talvolta prendeva la famiglia con sé.»

Soneri collegò questo particolare con ciò che gli aveva riferito Attolini sul recupero dei crediti.

Seguì un silenzio profondo nella penombra che era subentrata al pomeriggio grigio. Fuori, la nebbia sembrava aver imbrigliato ogni suono. Prese il bicchiere e scolò l'ultimo sorso: non era un vino cattivo. Quando si allacciò gli alamari, la vecchia si alzò precipitosamente. Fu repentino e un po' drammatico. In breve ebbe le sue mani sulle spalle e il viso a pochi centimetri.

«Ho capito che lei è un poliziotto, e allora io la prego di cercare Mario e semmai lo trovasse gli dica di me, di una povera vecchia che l'aspetta.»

Lei si staccò. Soneri fece un cenno d'assenso col capo e uscì senza dire nulla.

8

Quel volto gli rimase in mente e se ne stupì: pensò che fosse l'età a renderlo ormai sentimentale. O forse per la prima volta in quella vicenda si era trovato di fronte a un'afflizione vera.

La nebbia era fittissima e l'Alfa marciava in terza. Ogni tanto sbucavano nel vapore i fari pungenti delle auto che incrociava. Pensò all'utilità di quella nebbia quando, un po' più tardi, avrebbe aperto l'anta metallica della centralina di smistamento e si sarebbe ripreso il recorder.

Mangiò a casa, in modo frugale, pensando divertito che la sua eccitazione prima di un impegno importante fosse la stessa di un rapinatore o un ladro d'appartamenti. Ne aveva conosciuti, ai tempi della questura, e uno gli aveva confessato di star male fino a dar di stomaco prima di un colpo. Verso le dieci squillò il telefono: era Tobia.

«Dove sei fuggito?»

«Ho fatto un giro nella Bassa, non ci andavo da anni.»

«Se tu fossi rimasto avrei potuto raccontarti un po' di cose...»

«Novità?»

«Non proprio. Riflessioni a voce alta. E se si è in due riesce meglio.»

«Possiamo vederci.»

«Non stasera.»

«D'accordo.»

Tobia lasciò cadere improvvisamente il discorso. Disse qualcosa di generico che Soneri non afferrò, ma colse una vena di irritazione.

«Sono andato a trovare la madre.»

«Mi hanno detto che l'ha presa molto male.»

«Il figlio se n'è andato senza farsi più vivo. Ha il terrore di morire e non rivederlo.»

«C'era anche la figlia?»

«Sì. Molto imbarazzata. Tentava di frenare gli sfoghi della vecchia ma non c'è riuscita, e a forza di ostacolarla ha ottenuto l'effetto di renderla ancora più esplicita.»

«Non se l'aspettava questa visita.»

«Macché, era in difficoltà. Ho saputo che Rocchetta viaggiava molto col camper. Dicono che andava via per lavoro e si portava dietro la famiglia. Sarà vero?»

«Forse trasferiva lui i soldi in Svizzera», azzardò Tobia.

«L'hanno visto alla Simpat. L'ha riconosciuto il portiere. A volte arrivava con la Predieri.»

«Avrei da dirtene anche su di lei.» Poi di nuovo lasciò cadere il discorso.

Si salutarono senza darsi un appuntamento. Soneri vide che fuori la nebbia era ancora molto fitta. Poteva uscire in anticipo.

Le strade erano quasi vuote. Dai campanili scoccavano rintocchi e la città rimbombò a lungo di quelle vibrazioni.

Impiegò mezz'ora per arrivare in via Tommasi. Perlustrò la zona accuratamente e quando decise di agire mancavano dieci minuti all'una. Aprì l'anta metallica e infilò le mani tra le matasse dei collegamenti. Tastò i fasci di fili fino a che individuò quello dietro il quale si trovava attaccato il recorder. Sfilò i contatti delicatamente e richiuse con un moto di sollievo.

Un'ora dopo stava già lavorando al programma di decodificazione col computer portatile. «Zia Edda» faceva molte telefonate che non lo interessavano. Poi, finalmente, apparvero i due zeri del prefisso internazionale seguiti da una sfilza di oltre dieci numeri.

Annotò le cifre e consultò il manuale telefonico, che non gli fu di alcun aiuto. Evidentemente si trattava di un piccolo Stato.

Verso le otto chiamò il servizio informazioni dell'azienda

dei telefoni. Dettò il prefisso e attese la risposta dell'impiegato.

«Barbados, signore. Il prefisso corrisponde alle Barbados.»

Caraibi, pensò tra sé Soneri ricordando la predilezione di Fracassi e Pagliari per quei luoghi. Ma chi gli garantiva che quella telefonata fosse diretta proprio ai Rocchetta?

La possibilità che i destinatari della comunicazione fossero gli scomparsi era comunque alta. A chi poteva telefonare se non a loro? Qualcuno in vacanza? Sarebbe stato singolare che a chiamare fosse chi stava a casa.

Salì in macchina e si diresse verso una grossa agenzia di viaggi per procurarsi i dépliant delle isole Barbados. Poi si avvicinò al banco: «Desidererei i numeri telefonici dei maggiori hotel», disse. «Ho già il volo prenotato da voi, ma l'albergo me lo sceglierò sul posto.»

Non attese di essere a casa e cominciò a spulciare la lista già in macchina. Per prime le località più grandi, e fu fortunato. Albergo *Blue River*, Bridgetown, quattro stelle.

Un'ora dopo era da Tobia. Aveva bisogno di chiacchierare della faccenda con l'ausilio del distacco razionale dell'amico.

«A quest'ora», disse l'avvocato, «non si può che parlare a tavola.»

Scelsero un ristorante appartato, non molto distante dall'ufficio di Tobia.

«Ho trovato dove sono», esordì Soneri.

Tobia parve colpito. «Dove?»

«Bridgetown, Barbados», rispose esagerando la sua espressione soddisfatta.

«Hai preso dei rischi, non è così?»

«Ho messo un apparecchietto nella centralina sotto la casa di 'zia Edda'. Una sciocchezza...»

«Finirai per beccarti un'incriminazione», lo ammonì bonariamente Tobia sedendosi al tavolo. «Come fai a sapere che sono davvero loro?»

«Quella donna è l'unica che non ha il telefono sotto controllo fra quanti hanno rapporti confidenziali coi Rocchetta. È stata la moglie di Fracassi, e a lei è destinata una cifra mensile sul conto bancario svizzero di cui si è servito Mario per accumulare i suoi quattrini.»

«Potrebbe essere un'esca avvelenata.»

«Sto già facendo accertamenti», ribatté Soneri. «Se solo sapessi la compagnia con cui sono partiti...»

«Io, ormai, mi sono fatto un'idea chiara di questa storia», disse Tobia, ma si interruppe perché il cameriere arrivò col branzino al sale. Soneri estrasse il Pinot dal secchio ghiacciato e lo versò a sé e all'amico.

«È una storia che è andata avanti con equilibrio perfetto fino a che un errore, magari banale, ha inceppato il meccanismo e tutto ha cominciato a svelarsi.»

Prima di bere accennarono a un brindisi.

«Alla Verre si è sempre occultata una consistente quota di utile che serviva come portafoglio di famiglia pronto cassa per i Fiori. Rocchetta lo sapeva e... ha cominciato ad arrangiarsi. Quando Fracassi se n'è accorto, l'ha tirato dentro al gioco. L'impiegato modello gli faceva paura. Dev'essergli parso un miracolo poterlo irretire nella girandola fino a fargli recitare la parte del capro espiatorio, felice e miliardario. Ma a quel punto, tutti potevano ricattare tutti. Rocchetta poteva ricattare Fracassi, Fracassi e Rocchetta potevano ricattare Fiori e Attolini. La risultante doveva essere il silenzio: se cadeva una pedina, tutte le altre l'avrebbero seguita.»

Il branzino era delizioso, tanto da costringerli per un po' al silenzio. Tobia riprese dopo aver sorseggiato con calma il Pinot.

«A un certo punto, il meccanismo s'è rotto perché Fracassi ha avuto troppo potere. Riccardo Fiori stava male, sapeva di non poter vivere a lungo e aveva mollato tutto. È lì che è saltato l'equilibrio nella spartizione del nero. Fracassi ha pensato di approfittarne per accaparrarsi più della sua parte, e per nascondere la manovra aveva bisogno di qualcuno che giustificasse l'ammanco se l'azionista di maggioranza se ne fosse accorto. Chi poteva farlo meglio di Rocchetta? Lui fugge coi soldi e sparisce, Fracassi si mostra su tutte le furie, si inventa la sceneggiata della porta forzata e dei mobili sventrati a casa dell'impiegato modello.

Fa un gran rumore, insomma, per mandare messaggi ai Fiori. In più la sorella di Rocchetta, ex amante di Fracassi, che attribuisce l'effrazione a quelli della Verre: un bel coro di ipocriti, non trovi?»

«Il gioco è durato un po' troppo prima d'essere scoperto», completò Soneri.

«Il tempo giusto per permettere a Fracassi e soci di investire e metter su un'attività inaffondabile. Cosa vuoi che gliene importi ormai? Lui può anche permettersi di giocare a carte scoperte, come ha fatto con quelle cause contro le sue ex aziende.»

«Chissà se Mario Rocchetta ha avuto eguale fortuna.»

«Mah!»

«Mi restano tanti dubbi, su questa storia, eppure quello che più mi incuriosisce è come se ne sono andati.»

Dettagli che servivano a definire la personalità dei protagonisti. Non gli tornavano i conti di quel camper abbandonato a Milano con un giornale di qualche giorno successivo alla partenza.

Tobia ordinò un'altra bottiglia di Pinot.

«Di sicuro non hanno mai passato il confine col camper», disse Soneri. «Troppo alto il rischio di incappare in un controllo. E in ogni caso sarebbero aumentate le possibilità di farsi notare dalla polizia di frontiera, con un mezzo così vistoso.»

«E quindi?»

«Il treno. Si acquista un biglietto a lunga percorrenza, i controlli sono pochi e soprattutto non resta traccia del viaggio: alla biglietteria non ti chiedono documenti d'identificazione.»

«Poi?» insisté Tobia.

«Un aereo, ma da uno scalo affollato. Chi può trovare la traccia di una partenza fra milioni di passeggeri?» Soneri tacque. Gli era venuta un'idea nello stesso istante in cui riaffiorava nella sua memoria il numero letto sul contachilometri del camper al momento del ritrovamento: 65318.

Uscito dal ristorante, salutò Tobia e si rimise in macchina. Ritornò al paese e puntò sull'unica officina.

«Veniva da lei Mario Rocchetta a riparare il camper?»

«Sì, lo teneva qui, dalla madre», disse il meccanico mentre sbirciava il distintivo.

«Quando è venuto l'ultima volta?»

«Pochi giorni prima di sparire, quanti non ricordo.»

«Che lavori ha eseguito?»

«Una guardata generale. Il camper era sempre in ordine, lui stesso provvedeva con un mucchio di lavoretti.»

«Non ha cambiato l'olio?»

«L'aveva già fatto lui. Mi pare di aver cambiato solo una cinghia.»

«Ricorda quanti chilometri aveva fatto quel camper?»

«Aveva passato da poco i sessantacinquemila», rispose

sicuro il meccanico. «C'era qui uno del paese che voleva comprarlo: per questo se n'è parlato.»

«Che lei sappia, prima di partire non ha fatto altri giri?»

«Non so... Magari sì, qui nella Bassa. Rocchetta era meticoloso e prima di usare il camper per i viaggi lunghi voleva sempre sincerarsi che tutto funzionasse alla perfezione.»

Un giro nei dintorni poteva stare tra i cinquanta e gli ottanta chilometri. Milano ne distava un centinaio: i conti tornavano. Rocchetta era partito direttamente per il luogo dove aveva abbandonato il mezzo, senza fare altra strada.

A casa controllò le rotte aeree. Barbados non era un posto dei più comodi e nemmeno il movimento turistico pareva massiccio. Non dovevano essere poi tante le compagnie che vi facevano scalo. Telefonò ai colleghi della polizia aeroportuale di Milano. Lo richiamarono dopo una ventina di minuti.

«Per l'isola c'è un solo volo diretto da Londra, della British Airways. Gli altri fanno tutti scalo a Miami o a Caracas. Da lì si prosegue anche con altre compagnie.»

Soneri ringraziò già convinto che il gioco richiedeva una trasferta a Londra. Quando lo disse a Tobia, questi accolse la notizia con ironico disappunto.

«Inutile cercare lontano, la verità è qui a pochi passi. E poi perché Londra?»

«L'unica compagnia che effettua volo diretto per Barbados è quella inglese.»

«E allora?»

«E allora si parte da Londra.»

«Potrebbero essere partiti da qualsiasi altro aeroporto facendo poi scalo là», obiettò Tobia.

«Può essere, ma sono convinto che Londra sia la città più adatta, quella dove le ricerche sono più difficili.»

«E se fossero partiti da un aeroporto del Nord Africa? Con la scusa del tour del Mediterraneo potevano farlo.»

«Non hanno lasciato l'Italia col camper, lo dicono i chilometri sul cruscotto, e per forza si sono mossi con il treno: ce lo siamo già detti. In Nord Africa non si va in treno, e tutti gli altri mezzi lasciano il segno del passaggio per via dell'imbarco.»

«Se sono partiti da un Paese dell'Est che traccia possono aver lasciato?»

«Quando se ne sono andati si trattava ancora di Paesi militarizzati. No, sono partiti da una capitale d'Europa facilmente raggiungibile con il treno.»

«Londra, per forza?»

«Pensaci. La compagnia che fa il volo diretto, lo scalo che dà più garanzie. Se io cerco qualcuno lo trovo più facilmente in mezzo a pochi che in mezzo a tanti.»

«Lo trovi più facilmente se hai la vista buona», mugugnò Tobia.

«Vuoi un altro indizio che porta a Londra?»

«Quale?»

«Questo Secchi, Max Secchi, un tizio che compare nell'agenda di Rocchetta con numerosi recapiti telefonici. Uno reperibile in tutti i momenti, che abita proprio a Londra.»

«Questa mi pare una forzatura.»

«Può essere.»

Mezz'ora dopo era in via Tommasi da «zia Edda», che non parve molto contenta di rivederlo. Lo accolse in casa con un sorriso triste.

«Ancora lei...»

«Non le piacerebbe rivedere i suoi amici?»

«Che domande.»

«Credo di sapere dove sono.»

Francesca Rimondi arrossì. «Complimenti. Li convinca a tornare, allora.»

«Vuole il loro numero di telefono?»

Dopo un lungo silenzio lei sussurrò: «Non so dove voglia arrivare».

«Voglio solo farle capire che so parecchie cose su di lei e che non le conviene barare», disse aggressivo.

«Il suo metodo è il ricatto, nient'altro che il ricatto.»

«Il suo non è molto differente dal mio. O non ricorda dove prende i soldi per la vita che fa?»

La donna tacque, indignata, sostenendo la sfida con lo sguardo.

«Stia comunque tranquilla, non la disturberò oltre queste quattro battute. In fondo sono un moralista noioso e niente più... Le chiedo solo una conferma: sono partiti da Londra?»

La donna lo guardò, raddolcita alla prospettiva che poi sarebbe stata lasciata in pace. Era un po' meschina, come tanti altri incontrati in quella storia.

«Se è così non mi dica nulla», la incoraggiò Soneri.

La donna mosse impercettibilmente le palpebre, annuendo in silenzio.

9

Il metrò da Gatwick procedeva saltellante tra siepi di case e improvvisi tunnel. Il mimo faceva spettacolo da un pezzo tra l'indifferenza dei passeggeri. Soneri allungò mezza sterlina quando passò per la questua. E infine Victoria Station. Era già notte e si accontentò di un hotdog mangiato in piedi. Un menu di quart'ordine, ma la birra era buona: una pinta rossa da sorseggiare come un barolo d'annata.

L'albergo aveva visto tempi migliori, ma era pulito. Lo gestiva una famiglia di neri che dispensava una colazione a base di uova e bacon. Quella notte dormì profondamente anche se alle quattro, com'era sua abitudine, si svegliò. Udì il ronzio smorzato di una lampada al neon nel corridoio, fece un giro per la stanza e tornò a letto. Solo marcando la discontinuità del sonno riusciva poi a riaddormentarsi.

Il mattino dopo scese per primo e assaggiò il bacon con la frittata. Poi uscì. Gli uffici della British non erano distanti.

Un funzionario della compagnia che lavorava al centro elaborazione dati gli garantiva collaborazione: quarant'anni, brizzolato, oriundo italiano. Parlava una lingua strana con gli accenti fuori posto quando ripescava dalla mente il gergo dei genitori emigrati prima che lui nascesse.

«Sto cercando una famiglia scomparsa un po' di tempo fa», esordì Soneri, in inglese. «Ci sono buone probabilità che abbia preso un vostro volo.»

L'uomo gli rispose in italiano. Disse che sarebbe stato difficile recuperare i biglietti perché dopo un certo periodo venivano distrutti. Quelli dei Rocchetta sembravano abitare un tempo incerto, tra il macero e l'archivio. Il funzionario, che si chiamava Polelli, gli diede appuntamento per mezzogiorno e Soneri colse l'occasione per invitarlo a uno di quei pranzi inglesi dai quali usciva sempre con la fame intatta e il palato guasto.

Volle ritornare alla National Gallery. Non contava le volte che c'era andato, eppure non si stancava mai di osservare i dipinti. Correva alle stanze riservate al Rinascimento italiano per stupirsi di fronte alla *Cena in Emmaus* del Caravaggio. Rimaneva a osservarla almeno mezz'ora e finiva per trovarci un dettaglio mai notato prima. Pensò che un buon quadro assomiglia a un'inchiesta complessa: non bisogna mai stancarsi di esaminarlo.

A mezzogiorno era di nuovo nell'ufficio di Polelli.

«I biglietti sono già distrutti.» Sembrava dispiaciuto. «Potremmo tentare con le prenotazioni. Forse si ritrova la loro traccia negli archivi centrali.»

Scesero in un locale dove si consumavano pasti di dieci minuti appollaiati su alti sgabelli. Polelli aveva solo mezz'ora di tempo e scherzò sui differenti usi alimentari, mentre Soneri si consolava con la birra. Si dettero appuntamento nel primo pomeriggio.

Ne approfittò per recarsi in Bond Street all'indirizzo di Max Secchi. L'edificio vittoriano era imponente, elegantissimo e lussuoso. Al secondo piano svoltò su un pianerottolo e si trovò di fronte a un locale che poteva far pensare sia a un ufficio sia a un appartamento. Lo accolse una segretaria di mezz'età la quale, all'accento della sua domanda, rispose in italiano.

«Se cerca il signor Secchi non è qui.»

«Dove posso rintracciarlo?»

«Difficile trovarlo, il suo lavoro lo porta sempre in giro per il mondo.»

«Affari?»

La donna lo guardò insospettita: «Lei non si è nemmeno presentato. Fossi un'inglese si sarebbe già giocato la conversazione».

Soneri allungò allora un biglietto da visita. «Mi scusi», aggiunse.

La donna contemplò il cartoncino e fece una smorfia. «E quindi?»

«Questa volta è lei a mancare di cortesia, le avevo rivolto una domanda.»

Sorrise. «Prevalentemente si occupa di immobili, non sono tenuta a dire null'altro.»

«Lei ha mai conosciuto Mario Rocchetta?»

«Ho poca memoria per i nomi.»

«Eppure dovevano conoscersi bene. I recapiti sono indicati con precisione... Qualche volta Rocchetta deve aver telefonato anche qui.»

«Telefonano in tanti...»

«Le dice nulla il nome Verre?»

La donna assentì. «Una ditta italiana per cui abbiamo curato l'esportazione in alcune ex colonie.»

«Quindi non vi occupate solo di immobili.»

«Qualche intermediazione d'affari, per via delle conoscenze del signor Secchi.»

«Se conosce la Verre conoscerà anche Rocchetta. Un uomo alto, biondiccio e quasi calvo.»

Soneri mostrò la fotografia che la donna guardò attentamente.

«Ah, sì, ricordo, è venuto un paio di volte. Non rammentavo che si chiamasse Rocchetta.»

Soneri si diede del dilettante, accendendosi un sigaro appena rimesso piede in strada per tornare da Polelli.

«Nessuna traccia, nemmeno nelle prenotazioni», gli stava dicendo nella sua lingua male accentata.

«Potrebbe essersi presentato all'imbarco con un nome diverso?» azzardò.

«Non mi pare possibile. A meno che anche i documenti fossero falsificati. Un rischio grosso, ma quando uno fugge...»

Polelli aveva una parlata davvero curiosa: oltre a sbagliare gli accenti, era incapace di pronunciare le doppie... E Rocchetta, di doppie, ne aveva ben due. Poteva averle pronunciate male e, se scoperto, tranquillamente affermare all'imbarco che si era trattato di un errore di trascrizione sul biglietto. Così facendo si ingannava una macchina stupida come il computer.

«Si potrebbe cercare la prenotazione a nome Roccheta, Rochetta o Rocheta», suggerì Soneri.

Polelli annuì, ma sostenne che avrebbe avuto bisogno di tempo.

«Tutto quello che è necessario», disse Soneri, che lasciò il recapito telefonico dell'albergo e il numero della stanza.

Quando uscì faceva già buio e c'era una nebbia leggera. Non intendeva mangiare in un pub e non si fidava molto dei presunti ristoranti italiani. Entrò allora in un locale indiano e chiese un pollo al curry.

Era tardi quando uscì. La birra aveva fatto passare in secondo piano l'indagine. D'altro canto non avrebbe puntato mezza sterlina sul buon esito delle ricerche di Polelli. Stava dubitando di aver perso del tempo, già sentiva la risata sardonica di Tobia accoglierlo al suo ritorno.

Entrò in camera mentre il telefono prendeva a squillare. Polelli, che chiamava da un locale pubblico, quasi urlava per sovrastare il rumore di fondo.

«Ho trovato quel che le interessa. Se passa domani le do la fotocopia della ricerca al computer.»

Dormì soddisfatto come dopo un lungo corteggiamento corrisposto.

Il mattino dopo tornò da Polelli. La carta che riproduceva la prenotazione era un foglio con poche righe. L'ora della partenza, le 9.15 da Gatwick, il 5 agosto, e l'ora d'arrivo. La destinazione era Bridgetown, Barbados. Tre biglietti, per Rocheta M., Carli M. e Rocheta R.

Il primo aereo utile lo riportò a Milano verso le sei. Pioveva e c'era foschia, gli pareva di non aver mai lasciato Londra. Ritirò la macchina dal parcheggio e si avviò immediatamente al *Milord*, da dove chiamò Tobia. «Vieni subito, ho buone nuove.»

Alceste si confermò all'altezza: antipasto di salmone scozzese con una bottiglia di Chablis e branzino ai ferri.

«Ti hanno tenuto a stecchetto», commentò Tobia di fronte all'appetito di Soneri.

«Però notizie ne ho avute a volontà.»

«Barbados?»

Soneri mostrò il foglio della compagnia aerea.

«I tuoi colleghi non c'erano arrivati.»

«Hanno cercato male. Non sanno che il computer è una macchina stupida e si può ingannare facilmente. Basta una doppia mancata.»

Tobia annuì. «Rocheta R. sta per Roberto o Rinaldo?»

«Roberto. Di sicuro. Rinaldo è partito qualche giorno dopo.»

«Furbo il nostro ragioniere», ammise Tobia. «E adesso?»

«Adesso devo fare molto in fretta se voglio sperare di beccarli ancora a Bridgetown. Ho idea che si spostino in continuazione. Lì intorno ci sono quaranta isole.»

«Lo sai qual è il mio parere», disse Tobia scettico.

«E tu ricorda che parlando con Mario Rocchetta è possibile fare un passo avanti», ribatté Soneri assaporando lo Chablis. «Ci sono molte cose che potrà chiarire solo lui.»

«Ne sei sicuro?»

«Mi sembra piena di anomalie questa scomparsa: assomiglia più a un razionale piano d'evacuazione. Comunque non ho nessuna prova.»

«Non dimenticarti dei soldi», aggiunse Tobia. «Gli

unici reati commessi in questa vicenda riguardano i soldi: evasioni fiscali e frodi. Da questo punto di vista, la fuga è un fenomeno secondario.»

«Ma l'aspetto più attraente», ammise Soneri cui il vino aveva dato allegria.

«Non si sa nulla dell'altro figlio, quello partito dopo?»

«Nulla. E anche questo è un mistero. È andato coi genitori o ha preso un'altra direzione?»

«Non mi sembra il tipo che vive autonomamente», giudicò Tobia. In quel momento si avvicinò Alceste. «La desiderano al telefono», disse rivolto a Soneri.

Chi poteva sapere della sua cena al *Milord*? Riconobbe la voce di Attolini, quasi stridula per l'agitazione.

«Come ha fatto a trovarmi qui?»

«Fracassi ha giurato di fronte a mia madre che mi rovinerà e la vecchia ha avuto una crisi. È tutta colpa sua.»

«Non dica fesserie. Fracassi fa lo sbruffone per farla tacere, ma è solo tattica.»

«Se vedesse in che condizioni è mia madre non direbbe così.»

Gli faceva pena. Speculatori senza scrupoli preoccupati per la mamma. Attolini, intanto, aveva ripreso a parlare: «Da oggi mi lasci in pace, non si faccia più vedere né telefoni».

«Stia tranquillo, ne avrei fatto volentieri a meno anche prima», disse Soneri, e riagganciò.

La telefonata l'aveva innervosito e il pranzo era compromesso. Finì a piccoli sorsi lo Chablis e si accese il sigaro.

«Chi era?»

«Attolini. Dice di essere minacciato da Fracassi. È gente che vorrebbe farsi giustizia ma non ne ha il coraggio. Secondo lui l'ho messo nei guai. Detesto la gente meschina.»

Tobia fece un cenno di sufficienza con la mano.

10

Più che ai preparativi per una partenza, i movimenti di Soneri somigliavano a un rito di immedesimazione nei gesti e nei pensieri dei Rocchetta. E il viaggio divenne il pretesto ulteriore per verificare se quei ragionamenti fossero attendibili.

I controlli sul treno si rivelarono inesistenti. Soneri poté dedicarsi con tutta calma alle ondulate campagne francesi e a un pranzo nel vagone ristorante che gli lasciò addosso un piacevole torpore.

Sonnecchiò fino alla *banlieue* parigina, il treno arrivò in stazione alle sei. Non c'era molto tempo per la coincidenza per Calais.

Trascinando la valigia, pensò che a quel punto della fuga, di sicuro, la signora Maria aveva protestato pretendendo una visita a Parigi. Era altrettanto certo che il marito non aveva neppure risposto.

L'albergo a Calais era a due passi dalla stazione. Dalla sua stanza il bel tempo permetteva di vedere le scogliere di Dover, che non fece in tempo ad ammirare il mattino dopo sul traghetto beccheggiante e scosso dal mare agitato. Nessun controllo allo sbarco, migliaia di facce. In un giorno e mezzo arrivava a Gatwick, poche ore dopo sarebbe stato a Bridgetown. Il 6 agosto i Rocchetta sbarcavano come normali turisti. Venti giorni per far perdere definitivamente una traccia già labile, magari con l'ausilio di passaporti falsi comprati sull'isola per centoventi dollari.

Venti giorni in cui nessuno in Italia si sarebbe chiesto nulla. Vacanze, fabbriche chiuse. Un meccanismo oliato da ripetute prove, un sogno collaudato... Il volo gli sembrò molto breve per via del fuso orario. Scese la scaletta e sulla pista lo accolse un piacevole tepore. L'aeroporto assomigliava a un grande hangar con due negozi di souvenir e superalcolici in bottigliette da mezzo litro. In alto giravano grosse pale come quelle dei vecchi turboelica posteggiati in una pista secondaria.

Si fermò a osservare la disposizione dei controlli. Adocchiò una vetrata a specchio come quelle che si usano nelle questure per mostrare qualcuno a un testimone che non si vuol compromettere. Di certo, dall'altra parte, stavano in osservazione gli agenti.

Uno di questi saltò fuori nel momento in cui Soneri ritirava il bagaglio dal nastro. In un inglese scolastico e legnoso gli chiese qual era il suo albergo. Sapeva come muoversi. Lo squadrò calmo con un sorriso, si alzò gli occhiali da sole sulla fronte e con fare professionale allungò un dépliant dell'albergo *Blue River* assieme al suo biglietto da visita con la qualifica di *Industrial manager*. La guardia lo osservò salutandolo con deferenza.

Si diresse all'albergo *Oasis* e prese una suite con terrazzo e soggiorno. Un tipo di alloggio poco controllato. Dopo la doccia osservò tra le persiane la tranquilla distesa di bagnanti nella luce abbacinante del primo pomeriggio e gli parve impossibile di aver davanti ancora mezza giornata di sole.

Si sdraiò sul terrazzo per rilassarsi, ma già la sua mente pensava ai Rocchetta e alla loro prima sistemazione di fuggiaschi. Si alzò per prendere una bibita dal frigorifero e notò il telefono posato sopra un voluminoso elenco degli abbonati. Gli parve strano che ci fossero tanti apparecchi sull'isola, al punto che prese a sfogliare le pagine fitte di nomi.

Spagnoli e italiani, qualche tedesco e un'enormità di inglesi. L'elenco del telefono era il più bel libro di lettura per un investigatore, ne era convinto da tempo. Quando trovò un Rochetta non gli parve possibile una così straordinaria vicinanza fra il sospetto e la realtà. Rochetta... continuava l'equivoco delle doppie. Non c'era nome né indirizzo, così segnò il numero sull'agenda e stabilì di andare subito all'ufficio dei telefoni, che tuttavia era aperto solo il mattino. La cosa lo innervosì.

Complici il caldo e il sole, l'eccitazione l'aveva preso. Del resto, malgrado l'esperienza, era quello che gli accadeva a ogni nuova indagine quando intuiva prossima una svolta.

Il mattino dopo si presentò all'ufficio telefonico. Si era così immedesimato nella parte che le parole gli scivolarono di bocca come il verso consueto di un uccello.

«La mia governante non ha ricevuto ancora l'ultima bolletta e non è sicura di aver pagato le precedenti», cantilenò in direzione di un'impiegata grassottella dall'aria simpatica. La donna ascoltò e con un sorriso lo pregò di attendere. «Il nome dell'utenza per favore.»

«Rochetta», rispose Soneri.

L'impiegata fece una smorfia, non aveva capito. Soneri scrisse allora sul bordo del giornale e lo porse alla donna, che digitò sui tasti del computer. Dopo qualche istante la stampante cominciò a mandare il suo rumore stridulo. Soneri sbirciò subito a chi era intestato il telefono: Gwendoline Robson, Brighton Crescent, Black Rock.

Due ore dopo era di nuovo alla società dei telefoni.

«È possibile sapere se sono state effettuate chiamate all'estero e l'elenco dei numeri selezionati?»

L'impiegata lo osservò con aria complice, forse si trattava di una richiesta assai comune in un Paese di vacanze. Fece cenno di sì.

«Ma deve rivolgersi alla sede centrale, in Richmond Street.»

Gli uffici stavano per chiudere, quindi tornò in albergo e riprese in mano l'elenco del telefono. Gwendoline Robson aveva altre due linee, entrambe allo stesso indirizzo di Black Rock. La cosa non suonava bene. Soneri si accese un sigaro. Avrebbe preferito evitarlo, ma pensò che fosse arrivato il momento di rivolgersi alla contessa Camilla Podavini-Hunt che l'ambasciata italiana di Londra gli aveva indicato come persona di fiducia nell'isola. L'addetto militare di Caracas aveva confermato questa informazione.

«Mi hanno parlato di lei.» La voce della contessa era morbida come un quartetto di flauti.

«Spero in bene.»

«Bene, bene», riprese rassicurante. «Quando vogliamo incontrarci?»

«Prima possibile.»

«Stasera a mezzanotte davanti all'aeroporto le va?»

Nell'atteggiamento della contessa c'era qualcosa di intrigante, neanche si fosse trattato di un incontro fra amanti. Stranezze di nobili annoiati?

«Benissimo», rispose. E mentre stava per dare una sommaria descrizione di se stesso, la donna lo precedette:

«Mi hanno raccontato che tipo è lei», disse. «Io, piuttosto, avrò una Ford color lapislazzulo.»

Soneri si recò in un'officina di riparazioni dove ottenne una Suzuki già immatricolata con targa locale. Voleva evitare a tutti i costi quella bianca, provvisoria, che veniva appiccicata dalle agenzie alle auto a nolo dei turisti.

Aveva fame, e nel primo ristorante che incontrò sul tragitto ordinò pesce tropicale e una bottiglia di Muscadet. Indugiò a lungo a tavola. Verso le undici salì sulla Suzuki per fare un giro in città.

Arrivò davanti all'aeroporto dieci minuti prima della mezzanotte. Notò subito la Ford della contessa già parcheggiata e vi si accodò. Ne scese una donna di notevole bellezza, alta, con lunghi capelli castani, un cappello di paglia attraversato da una fascia blu dello stesso colore del vestito.

«So che avrei dovuto farmi attendere», esordì lei, «ma ero curiosa di sapere con quale anticipo sarebbe arrivato.»

Soneri sorrise. «L'esame com'è andato?»

«Lei mi sembra un uomo sicuro di sé, gli insicuri arrivano prima.»

«Sono quindi soltanto puntuale?»

La contessa rise, non disse nulla e distolse lo sguardo. «Andiamo a casa mia.»

Guidava veloce e sicura. Lasciarono l'abitato e marciarono fra i campi su una strada che saliva la collina. La villa apparve dopo una svolta. C'era un grande cancello di ferro battuto e un vialetto ghiaiato.

«Entri», disse facendogli un cenno, «le presento Tulà, il mio aiutante.»

Soneri vide un massiccio creolo con la testa quasi calva e una grossa benda nera sull'occhio destro.

«L'ho salvato dalla galera», informò la contessa; «le autorità locali lo volevano incastrare per una storia di minacce. Da allora mi è completamente devoto.»

Soneri lo scrutò e capì che quell'uomo si sarebbe buttato nel fuoco se la donna glielo avesse ordinato. Poi la contessa lo invitò a passare nella veranda interna. Si sedettero di fronte a una piscina dove galleggiavano ninfee e fiori variopinti.

«Allora», riprese la donna, «a cosa devo questa visita?»

«Mi sto interessando al caso di una famiglia scomparsa: ho la certezza che sia qui.» E mentre Soneri riepilogava la vicenda, negli occhi della donna si accendeva l'interesse, tanto che lasciò squillare a lungo il telefono prima di andare a rispondere. Soneri ne approfittò per dare un'occhiata alle stanze attigue. Tulà stava armeggiando in una specie di ripostiglio intasato di stoviglie. Origliava o sorvegliava?

«Da quel che mi racconta», riprese la contessa, tornando, «si tratta di un intrigo complesso, ma non sono così rari quelli che fuggono da queste parti. L'unica condizione», aggiunse accentuando l'ovvietà della cosa, «è che siano molto ricchi. Tuttavia ai suoi fuggiaschi mi pare che il requisito non manchi.»

«Le autorità locali proteggono questo tipo di turista?»

«Proteggere è troppo, diciamo che tollerano. La protezione la dà il denaro: nessun Paese vuole distruggere la fonte primaria della propria ricchezza.»

«Credo che abbiano identità false.»

Anche per la donna non si trattava certo di una grande intuizione.

«Almeno per i primi tempi si tratta di una precauzione necessaria», concesse. «Credo anche che non abbiano potuto prescindere da una base sull'isola. Intendo dire qualcuno disposto a ospitarli. Qualcuno ricco, influente. Come le dicevo, il denaro è tutto e apre qualsiasi porta.»

«Non solo qui», replicò Soneri.

La contessa lo guardò sorridendo con affascinante ironia. Soneri tirò fuori le foto dei Rocchetta.

«No, non li ho mai visti. Spero comunque di esserle utile anche per altre necessità», e aggiunse un ulteriore, accattivante sorriso.

«Se lei potesse occuparsi di un accertamento...»

«Certo, mi dica.»

«È possibile sapere chi sbarca?»

«Nei limiti di cui le dicevo.»

«Mi preme sapere se è arrivata una donna, si chiama Ida Fracassi. È importante.»

La contessa prese un appunto e anticipò i ringraziamenti di Soneri.

«C'è una taglia sui Rocchetta, lo sapeva?»

Lui accolse la notizia in silenzio. Quella donna conosceva molto più di quel che gli aveva fatto credere.

«Dire una taglia è forse troppo... Una ricompensa, ecco. Per coloro che daranno notizie sulla famiglia.»

«Quanto?»

«Trecento milioni, in lire italiane.»

«Non si sa nulla d'altro?»

«Nulla.»

«Chi avesse notizie dove le comunica?»

«C'è un fermo posta a Miami.»

Sull'uscio della veranda comparve il console Podavini-Hunt, un uomo prestante, brizzolato e dall'aria sportiva.

«Non so come farmi perdonare», disse stringendo la mano a Soneri, «ma avevo un ricevimento.»

Solo allora Soneri si accorse di quanto fosse tardi.

«Non resta che darci un altro appuntamento.»

«Ben volentieri», rispose il console, «potrebbe essere già domani. Può venire all'hotel *Sandy Lane* a mezzogiorno? Sarà mio ospite.»

11

Black Rock era fra le zone più povere dell'isola. La proprietà di Gwendoline Robson consisteva in una casetta bianca, bassa, con uno spiazzo di ghiaia davanti e un piccolo giardino. Si scorgeva appena dalla strada, come fosse costruita in una buca. Pareva chiusa, niente nomi sul campanello. Soneri fece un giro intorno all'edificio: nessun segno di vita. Salì sulla Suzuki e raggiunse una cabina telefonica. Formò il numero intestato a Rochetta, ma l'apparecchio squillava a vuoto. Fece allora uno dei due numeri della Robson.

Rispose una voce femminile.

«Cercavo la famiglia Rochetta.»

«Lei chi è?» domandò la donna all'altro capo con diffidenza.

«Un amico di Roberto.»

Seguì una pausa. Soneri ebbe l'impressione che la donna avesse appoggiato il palmo alla cornetta per parlare a qualcun altro senza essere sentita.

«Mi lasci un recapito e la farò richiamare.»

Riattaccò. Stava per imbrunire e decise di attendere nei pressi della casa. Al piano terra vide accendersi una luce, che filtrava fiocamente dalle fessure degli infissi.

Premette il campanello che si udì squillare all'interno. Comparve sulla porta una signora anziana, lievemente gobba e dall'andatura incerta.

«Chi è lei?» esordì con ostilità.

«Ho telefonato un'ora fa, cerco Roberto Rochetta.»

La vecchia lo guardò accigliata e disse, perentoria: «Qui non abita nessun Rochetta». Poi, prima che Soneri potesse replicare: «Farebbe bene ad andarsene se non vuole che chiami la polizia». E già stava rientrando.

Risalì sulla Suzuki ma non ripartì. Dieci minuti dopo suonò di nuovo. La vecchia uscì accompagnata da un uomo, che appariva più giovane, e riprese a sbraitare che avrebbe chiamato la polizia. Ma a sua volta Soneri urlò che la polizia l'avrebbe chiamata lui. La donna ammutolì, guardò negli occhi il compagno e rientrò in casa. Soneri rimase sorpreso quando l'altro disse con inaspettata cortesia: «Prego, entri».

La casa era modesta, l'arredamento piuttosto povero.

«Cosa vuole da noi?» domandò l'uomo rassegnato.

«Tutto quello che sapete su Rochetta.»

In silenzio sparì in un'altra stanza, per tornare dopo pochi istanti assieme alla donna, che mostrava ora un'aria preoccupata e, incrociando lo sguardo di Soneri, fu capace soltanto di abbassare il proprio, senza parlare.

Soneri si diresse al telefono, ma la donna capì le sue intenzioni, gli tolse dalle mani il ricevitore e lo invitò a sedersi. Senza che Soneri le chiedesse nulla, cominciò a raccontare.

«È un po' lunga», esordì con un'occhiata piena di preoccupazione al compagno.

«Non ho fretta», disse Soneri.

«Fino a un anno fa lavoravo alla Bartel, l'azienda dei telefoni. Ero addetta alle chiamate interurbane all'ufficio centrale di Richmond Street. È lì che l'ho conosciuto.»

«Dove chiamava?»

«In Italia.»

«Vada avanti.»

«Un giorno venne e pareva preoccupato. Mi chiese con urgenza un numero in Italia, ma le linee erano sovraccariche. Lui insisteva, diceva che si trattava di una faccenda molto importante, non dei soliti saluti a casa dei turisti. Riuscii a trovargli una linea e alla fine mi allungò dieci dollari. Mi sembrava di avergli reso un enorme favore.»

«Insomma, siete diventati quasi amici...»

«Sì, parlavamo parecchio quando lui veniva.»

«Quando ha installato una linea telefonica qui?»

«Nel periodo in cui sono andata in pensione. Un giorno l'ho salutato e gli ho detto che non ci saremmo rivisti, che smettevo il servizio. Allora mi ha chiesto se poteva intestarmi una linea visto che lui era sempre in viaggio per affari e doveva ricevere telefonate dall'Italia.»

«La pagò bene per questo?»

La vecchia guardò il compagno: «Sì».

«Quanto?»

«Cento dollari americani al mese.»

«Lei rispondeva alle telefonate?»

«No, assolutamente. Aveva messo una segreteria che registrava tutti i messaggi. Ogni tanto si faceva vivo, prendeva il nastro e ne metteva uno nuovo.»

«Sa dove abita Rochetta?»

«No. Però se lei chiede a Sandy Lane, credo che sappiano qualcosa. Lì abitano i ricchi», rispose con una punta di disprezzo.

Soneri tirò fuori le foto della famiglia. La signora Robson disse di aver visto più di una volta la moglie, ma non i figli.

«Posso vedere il telefono?» chiese Soneri sperando di trovare qualche messaggio registrato.

«Una settimana fa è venuto e s'è portato via tutto. Ha detto che sarebbe partito definitivamente.»

«Le è sembrato preoccupato?»

«Oh, sì, parecchio. Sembrava addirittura spaventato. Mi ha raccomandato di non dire niente, ma adesso...»

«Non si preoccupi», si affrettò a tranquillizzarla Soneri, «le garantisco che non accadrà nulla.»

Erano le due quando rientrò all'*Oasis*. Gli erano sfuggiti per un soffio. Rocchetta era in allarme. Ora doveva a tutti i costi sapere se Ida Fracassi era sbarcata sull'isola.

Alle otto vagava per il quartiere di Sandy Lane. Camminò a lungo, passando di fronte a negozi, bar, ristoranti e alberghi di lusso. C'era una quantità di ville che parevano progettate dalla stessa mano. Sorrise all'idea che coi soldi non si potesse comprare un briciolo d'originalità.

Alle nove entrò al golf club che portava lo stesso nome del quartiere. A quell'ora era deserto. Un'impiegata, vestita con un abito elegante e la scritta *Sandy Lane golf* ricamata sul bavero, lo accolse cortesemente.

«Avete un green stupendo», esordì Soneri. «Sono arrivato da due giorni e mi chiedevo dove si potesse giocare.»

«Occorre essere soci della Sandy Lane Property», rispose la ragazza. «O essere ospiti.»

«Be', io conosco Mario Rochetta, un italiano che risiede da tempo qui», disse mostrando la fotografia. «Mi chiedevo se per caso fosse uno dei soci.»

La ragazza, esaminando l'istantanea, escluse che si trattasse di un socio ma non di averlo già visto.

«Un amico di mister Secchi, forse. Lui sì che è socio», ipotizzò.

«Secchi?»

«Sì, mister Max Secchi», precisò con puntiglio.

«E dove abita?»

«A villa Penwood, vicino al casinò. Ci si è trasferito da poco, prima risiedeva a villa Casablanca che è dalla parte opposta, verso la scogliera artificiale.»

Soneri avvisò il console che non avrebbe potuto pranzare con lui. Preferì mangiare al banco di un bar e percorse di nuovo le strade di Sandy Lane, deserte nel primo pomeriggio. Non faticò a trovare villa Penwood, seppure non molto differente dalle altre, con l'immancabile piscina e il giardino tropicale. Villa Casablanca era invece una costruzione di una generazione precedente, ancora su tre piani e col tetto di legno. A Soneri appariva di gran lunga più elegante.

Camminando e fumando, riordinava le idee. Qualcuno stava cercando i Rocchetta e aveva messo una taglia. Qualcun altro li aveva avvertiti del suo arrivo permettendo loro di troncare i ponti con la signora Robson e quell'utenza telefonica. Poi veniva questo mister Secchi, del quale ora sospettava l'importanza nella vicenda. I suoi numeri telefonici così evidenti nell'agenda di Mario Rocchetta, residenza a Bridgetown, socio del club esclusivo dove portava l'amico italiano...

Alla sera decise di cenare da *Pisces*, in Lawrence Street: Aveva voglia di gamberi e di una bottiglia di Chablis. Verso mezzanotte rientrò in albergo ma non riuscì a prendere sonno. Così si rivestì e uscì per una passeggiata nel via vai notturno. Molta gente per strada e lussuose auto scoperte passavano spandendo musica. La vita dei ricchi era particolarmente dolce in quel posto e la gente, almeno in apparenza, spensierata. Rocchetta aveva scelto bene il luogo ma Soneri non avrebbe scommesso molto sulla sua spensieratezza.

Ancora camminò a lungo, l'unica medicina che lo calmasse. Quando rientrò all'*Oasis*, le strade s'erano fatte silenziose e i passanti più rari. Davanti all'albergo notò un'unica auto, una Mazda rossa con a bordo due persone. Sfiorò la vettura, memorizzò per abitudine il numero di targa e notò un adesivo ben in vista sul parabrezza: il contrassegno di un parcheggio del *Cliff Restaurant*.

Il mattino dopo la contessa, al telefono, fu molto amabile, quasi sul confine del corteggiamento. Gli domandò se aveva trovato posti con buon cibo. «Per noi italiani è difficile adattarci», ammise lei.

«Il pesce è ottimo, bevo vini francesi.»

Soneri chiese informazioni sul *Cliff Restaurant*.

«È uno dei locali più esclusivi di Bridgetown.»

«Le andrebbe di cenare lì?»

«Certo», rispose. «Ma mio marito se ne avrà certo a male dopo il suo rifiuto di ieri.»

«Di tutti i motivi per cui potrebbe contrariarsi mi pare che questo sia il più banale.»

La donna rise.

«Le chiedo una cortesia», aggiunse Soneri. «So che è una caduta di stile, ma vorrei che fosse lei a riservare un tavolo.»

«Sono purtroppo avvezza a ben altre cadute di stile», rispose lei, bonariamente.

Si salutarono. Soneri si diresse nuovamente a Sandy Lane e fermò l'auto nei paraggi di villa Penwood. Scese e si avviò a piedi. La casa gli parve disabitata, ma in quelle vicine c'era una discreta animazione. Un panciuto creolo stava appoggiato a una Mercedes all'ingresso di una delle ville confinanti. Soneri si guardò intorno, doveva essere l'autista.

«È mezz'ora che giro», esordì, «e non trovo villa Penwood. Ma che razza di strade ha questa zona?» Se si buttava la discussione sulla viabilità gli autisti diventavano ciarlieri.

«Ha sbagliato a salire dal porticciolo», rispose l'altro con un gran sorriso. «Se fosse venuto seguendo il lungomare avrebbe trovato le indicazioni sui cancelli. Questa è

una strada interna. Comunque villa Penwood è quella...»
E indicò la casa che Soneri già conosceva.

«È lì che abita mister Secchi?»

«Se lo cerca a quest'ora non lo troverà mai. Più facile la sera.»

«Veramente cerco due suoi ospiti», disse Soneri.

«Ce n'è tanti», sghignazzò il creolo.

«Sarà per questo che mi hanno dato le foto?» chiese anche Soneri mostrandole.

L'autista le osservò con attenzione. «Sì, lui lo conosco, abitava proprio da mister Secchi.»

«Sicuro?»

«Senza dubbio. Ricordo bene la sua faccia, c'è mancato poco che non l'accoppassi più di una volta mentre correva su queste strade.»

«Anche di recente?»

«L'ultima volta sarà stato un mese fa, era contromano in una curva, e stava albeggiando.»

Soneri si ricordò della passione di Mario Rocchetta per la corsa: l'autista non si sbagliava.

Un'anziana signora bionda arrivò accomodandosi sul sedile posteriore. L'uomo mise in moto e si allontanarono, dando la possibilità a Soneri di affacciarsi al cancello principale di villa Penwood. Il custode era un uomo piccolo con il naso schiacciato, da boxeur, e una specie di casacca bianca che poteva sembrare quella di un cuoco. Soneri si presentò come un giornalista italiano e mostrò le foto anche a lui. L'uomo assunse un'aria spaventata. Controllando i dintorni lo spinse in una piccola dépendance e disse di chiamarsi Charles.

«Vanno e vengono, in modo imprevedibile. All'inizio si sono fermati per un periodo più lungo, poi hanno cominciato ad assentarsi per ricomparire all'improvviso, anche solo per pochi giorni.»

«Ha mai parlato con loro?»

«No, il padrone mi ha fatto capire anche altre volte che devo farmi i fatti miei. Giuro che non so dirle altro.»

«Conosce qualcuno in grado di darmi delle indicazioni?»

L'uomo non ci pensò troppo. «Ho un'amica che è stata cameriera di mister Secchi proprio nel periodo del loro arrivo.»

«Si faccia raccontare tutto», raccomandò Soneri. «Questo per il disturbo», aggiunse infilando cinquanta dollari sotto il posacenere.

«Vediamoci a mezzanotte al *Picwick Bar*, sul lungomare del casinò», disse Charles.

All'azienda dei telefoni usò il solito stratagemma: non era sicuro di aver pagato e aveva il sospetto che qualcuno usasse i suoi apparecchi. Chiese quindi l'elenco delle telefonate interurbane sia di Secchi sia di Rochetta. Entrambi avevano chiamato in Gran Bretagna e in Germania, ma numeri differenti. Secchi, in Inghilterra, si era messo in contatto con un certo Colin Johnson. Rientrò in albergo e si preparò per la cena.

«A che punto è con le sue indagini?» chiese la contessa durante il tragitto. Era capace di rendere affascinanti anche le domande più banali.

Soneri raccontò, omettendo la parte riguardante Secchi e villa Penwood.

«Lei ha l'occhio lungo. Quella Fracassi è stata qui.»

«E quando?»

«Otto giorni fa. Non si è fermata che per uno scalo a Miami, per ripartire il giorno dopo... Strano, no? Un viaggio apparentemente insensato.»

Soneri continuò a guidare in silenzio. C'era qualcosa che gli sfuggiva.

Si trovò di fronte l'indicazione del *Cliff*.

«Le spiace se la precedo?» chiese Soneri con aria complice.

«Macché. Non ha paura che impari i suoi segreti investigativi?» sorrise di rimando la contessa.

«Lei la sa più lunga di me.»

* * *

«Ho prenotato un tavolo per due, mi chiamo Soneri», annunciò al maître.

L'uomo aggrottò le sopracciglia e si diresse al banco. Prese in mano un elenco leggendolo più volte.

«Sono spiacente, non abbiamo prenotazioni a questo nome.»

Soneri si fece avanti con sicurezza: «Posso sbagliarmi, forse la mia ospite ha prenotato col suo nome, permette?» E così dicendo prese delicatamente dalla mano del maître il foglio e sbirciò: quella sera stessa Secchi aveva una cena con altre quattro persone e il giorno successivo aveva prenotato un altro tavolo.

«Mi scusi», disse Soneri restituendo le prenotazioni, «evidentemente la contessa Podavini-Hunt ha preferito dare il suo nome.»

L'uomo sorrise mellifluo, mentre la contessa entrava con un tempismo che pareva studiato. Il *Cliff* era un locale a forma di anfiteatro disposto a gradoni che scendevano verso il mare. Al cameriere che versava lo Chardonnay, Soneri chiese sottovoce di indicargli il tavolo di mister Secchi. Era proprio quello sotto di loro.

«E adesso», disse la contessa, «quale altra trovata mi mostrerà?»

«Questi non sono certo i migliori pezzi del mio repertorio», rispose lui esagerando il tono sibillino. La donna pareva oltremodo divertita e ribatteva sul filo delle allusioni.

«Lei conosce Max Secchi?»

«Sì, di vista, e me ne hanno parlato. Ma non è il genere di persone che mi interessano: l'unico argomento ammesso con loro è il denaro.»

«Arriverà tra poco, ha prenotato il tavolo qui sotto.»

«Forse questa sera riuscirò a trovarlo interessante. Ci voleva un'indagine per farmi cambiare idea», rise la contessa, senza domandare altro.

Secchi entrò dopo mezz'ora. Basso e grassoccio, dall'aspetto pacioso, la testa quasi calva e abbronzatissima spiccava sul nitore del suo abbigliamento chiaro. Aveva con sé la moglie e i due figli. Per tutta la durata del pasto i quattro parlarono sottovoce. Verso le undici si alzarono e si diressero verso l'uscita.

«Mi attenda un attimo», disse Soneri alla contessa, e si avviò seguendoli a distanza. I quattro salirono sulla Mazda rossa con l'adesivo del *Cliff*. Rientrò.

«Scoperto qualcosa?»

«No, una conferma di quel che pensavo.»

«Le conferme fanno sempre un gran piacere. Più delle novità, non trova?»

«Ci vuole pur un inizio per godere di una conferma. E poi, se dice così, mi mette fuori gioco.»

La contessa ebbe un sorriso di maliziosa tristezza.

«Non approfitti di una donna troppo annoiata.»

Soneri accusò il colpo e non riuscì a nascondere una certa delusione. Lei se ne accorse.

«Mi piace la sua compagnia, lei è un uomo interessante eppure, mi creda, il resto è impossibile.»

12

A mezzanotte in punto era al *Picwick Bar*. Charles lo aspettava in un angolo in penombra, dietro un tavolo all'estremità del quale c'erano altre due persone. Il posto era poco più di una bettola dall'aria non molto raccomandabile.

«Qui tutti si fanno gli affari loro», giustificò l'uomo.

«Pericolo?»

«Non si sa mai. Solo i peccati dei potenti passano inosservati», sentenziò Charles.

«Ha qualche novità?» chiese Soneri impaziente.

«Ho mostrato le foto alla mia amica, ma non è stata di grande aiuto. Non ha sentito né notato nulla di strano.»

«E lei, Charles, non ricorda proprio nulla?»

«Gliel'ho già detto. Sono di casa, lì. In genere fanno una vita ritirata, per non dare nell'occhio.»

«Che posti frequentano?»

«Gite in auto, con Secchi, e al club dove vanno sempre assieme al padrone, verso le cinque del pomeriggio.»

«Rochetta gioca a golf?»

«Come posso saperlo? Io li ho visti solo un paio di volte sul bordo della piscina a prendere il sole.»

Parlavano da nemmeno mezz'ora, quando Charles mostrò segni di impazienza.

«C'è troppa gente», disse. «Mi faccia uscire per primo, beva qualcosa e poi esca a sua volta.»

Soneri gli diede altri cinquanta dollari, poi assecondò le sue ingenue precauzioni da film giallo e verso l'una si diresse indisturbato all'albergo.

Alle sette lo destò il telefono. «Una chiamata dall'Italia per lei, è mister Romero.»

Ancora assonnato, riconobbe la voce di Tobia.

«Svegliati e richiamami, ho delle cose da dirti.»

«D'accordo, mister Romero.»

Lo richiamò da un posto pubblico. «Mentre tu stai lì a far flanella, ho trovato notizie sull'uomo che ti interessa», disse Tobia, intendendo Secchi.

«Ha fatto il suo dovere, Romero», lo canzonò Soneri.

«Non fare il coglione e prendi nota. Quarantaquattro anni, ha sposato un'inglese di dieci anni più giovane che si chiama Sarah, la sua ex segretaria. Ha due figli maschi...»

«Sembri un'impiegata dell'anagrafe», lo interruppe Soneri, «passa alla polpa, piuttosto.»

«Non sei tu a predicare attenzione per i particolari? Comunque la polpa è questa: ha un'industria di stampaggio di materie plastiche, con sede a Kingston, e un'altra fabbrica che tratta la stessa materia e rifornisce le principali aziende europee nel settore dei casalinghi. C'è la prova di rapporti commerciali tra la Verre e il nostro. Forse è per questo che Rocchetta l'ha conosciuto.»

«Sai qualcosa sul suo patrimonio immobiliare?»

«È cospicuo e ci ha investito gran parte dei profitti. Se ti può servire, posso aggiungere che viaggia con doppio passaporto italiano e inglese.»

Appena riagganciato, Soneri fece il numero del sergente Howell, il suo referente a Bridgetown. «Ho bisogno di alcune informazioni.»

Il responso non si fece attendere: Max Secchi aveva un domicilio sull'isola da otto anni. Il nome Rochetta non risultava nell'elenco degli immigrati. Il rilevante patrimonio di Secchi era intestato ad alcune società che facevano a loro volta capo a una immobiliare locale di cui risultava responsabile quel Colin Johnson al quale risultavano intestati anche i telefoni delle società.

«Dobbiamo incontrarci, Howell.»

«Nel pomeriggio, verso le quattro.»

L'ufficio di Howell distava un centinaio di metri dal

commissariato in Nelson Square. Soneri si presentò e fece i nomi di alcune persone dell'ambasciata italiana di Caracas che l'avevano appoggiato nella sua indagine.

«Mister Secchi ha qualche legame con la storia della scomparsa?» domandò Howell.

Il tono del sergente parve a Soneri un po' troppo sollecito. Non aveva motivi per dubitare dell'onestà del poliziotto, ma qualcosa gli suggerì di limitare al minimo le informazioni.

«No, ma potrebbe essere un testimone.»

Howell parve rilassarsi. «Piuttosto, sergente», riprese Soneri, «chi è questo Colin Johnson proprietario di tante case e terreni?»

L'altro sorrise considerando quella domanda ingenua. «Proprietario... Sulla carta pare un uomo ricchissimo, ma se si va a vedere la composizione delle società di cui risulta responsabile, il suo patrimonio si riduce a ben poco.»

«Un prestanome?»

«Piuttosto un uomo di fiducia, anche di mister Secchi», disse con un certo sforzo Howell, che evidentemente non voleva mettersi contro gente influente.

«Chi sono gli altri che si servono di Johnson?»

«Oh, tanti. E io non li conosco tutti. Si tratta di grossi investitori europei che scelgono Barbados per i loro interessi.»

«I quattrini investiti qui sono puliti?»

Di nuovo il sergente sorrise. «Come faccio a saperlo?» Poi aggiunse, più serio: «In alcuni casi c'è la certezza che non si tratti di denaro pulito».

«Alcuni o tanti?» incalzò Soneri.

«Gli stessi investitori alternano affari puliti ad affari dubbi. Difficile distinguere fra buoni e cattivi.» Howell allargò le braccia quasi a giustificare la propria impotenza. «Questo Stato ha un fisco molto più clemente rispetto ai Paesi europei. Ciò rappresenta la sua fortuna e la sua maledizione.»

Nel corridoio alle loro spalle si avvicinarono dei passi. Soneri ne approfittò per accelerare il congedo.

«La ringrazio», disse tendendo la mano a Howell, e uscì.

Nella piazza si accese un sigaro e passeggiò con l'intenzione di riordinare per l'ennesima volta le pedine e organizzare la mossa seguente. Appariva lampante l'importanza di un colloquio con Secchi per stringere all'angolo i Rocchetta prima che la scacchiera subisse un nuovo rimescolamento. Per semplificare le cose decise di ricorrere al console, sfruttando finalmente il vecchio invito.

«Mi è rincresciuto per la volta scorsa e adesso vorrei rimediare», disse a Podavini-Hunt.

«Non me l'ero presa.»

«Potremmo pranzare oggi a Sandy Lane, le va?»

«Volentieri. Sono curioso di conoscere le ultime novità su questa storia: mia moglie mi tiene costantemente informato.»

Fu un pranzo noioso, come aveva previsto. Il console era un uomo dedito agli sport più esclusivi e frequentava tutti i club dell'isola riservati ai ricchi, come ospite o come socio. Faceva una bella vita soporifera. Verso la fine del pranzo, Soneri chiese al conte di fissargli un appuntamento con Secchi.

Il console si mostrò indifferente e indeciso. Soneri comprese che era il momento di fornirgli una ragione per muoversi. «In fondo si tratta di una famiglia scomparsa... L'interessamento non esula dalle vostre competenze.»

«D'accordo, lo chiamerò.»

Finito il pranzo, Podavini si appartò in una saletta per telefonare. Presentò Soneri come un giornalista italiano che avrebbe voluto intervistare i connazionali sull'isola per la vicenda della scomparsa. Soneri sapeva che Secchi non avrebbe creduto una parola, ma tutto questo serviva a coprire il console.

All'altro capo dell'apparecchio doveva esserci Secchi in persona. Lo intuì dal tono di voce del conte, più deferente dopo l'ufficialità mostrata con qualcuno della servitù. Podavini rimase al telefono più del prevedibile e quando riagganciò pareva preoccupato. Non volle spiegare il perché, disse solo che l'appuntamento era per le cinque del pomeriggio a villa Penwood. Soneri intuì le sue perplessità.

«Stia tranquillo, farò solo domande da giornalista, null'altro», disse congedandosi.

Il cancello automatico della villa si aprì e Soneri, puntualissimo, avanzò nel vialetto. Sotto il porticato d'ingresso l'attendeva Secchi in pantaloni corti azzurri, maglietta e scarpe da tennis. Un abbigliamento che la diceva lunga sul piacere per quella visita. Non si stupì affatto che non ci fosse il conte, e mostrò poca attenzione ai convenevoli.

«È lei il giornalista?» chiese stringendo freddamente la mano di Soneri, che scusò il console per l'assenza mentre l'altro ascoltava, assai poco interessato, precedendolo. L'interno dell'edificio era migliore della facciata. C'erano tappeti, mobili antichi e quadri, soprattutto del Settecento inglese, appesi sopra divani damascati.

Sedettero nell'immenso salone di fronte alla piscina.

«Allora, cosa vuole da me?» esordì Secchi, sbrigativo.

«Mi sto interessando alla scomparsa della famiglia Rocchetta.»

«Conosco vagamente la vicenda. Ma come posso esserle utile?»

«Immagino che lei sia qui da un po', conoscerà certo l'isola e magari saprà indicarmi qualche traccia, qualche indizio...»

Secchi sorrise. Forse era convinto che Soneri non sapesse granché.

«Ripeto», disse, «non sono al corrente. Conosco però qualcuno che potrebbe sapere...»

Si udì un tramestio proveniente dal piano superiore e Secchi mosse d'istinto il capo verso l'alto. Intanto Soneri notò ai bordi della piscina un paio di scarpe da jogging di un numero che non corrispondeva certo ai piedi di Secchi.

«Le va se usciamo? Berremo un tè sul lungomare», propose il padrone di casa con improvvisa ed eccessiva cortesia.

Salirono su una Rover e, dopo pochi minuti di strada verso l'entroterra, arrivarono alla sommità di una collina che dava a picco sulla scogliera.

«Questo non è il lungomare», constatò Soneri.

«Volevo mostrarle la magnifica casa di un generale italiano in pensione che si è ritirato qui.»

L'auto si arrestò distante dal cancello. La villa era di stile coloniale con un giardino popolato solo di arbusti e telecamere. Soneri notò che Secchi si era fermato in un punto in cui le apparecchiature non avrebbero potuto scorgerlo. Scesero e si avviarono lungo un viottolo che seguiva il profilo della collina sul mare.

«Ho dimenticato la giacca», si scusò Soneri, allontanandosi quasi di corsa. Voleva approfittare del fatto che l'altro non aveva chiuso a chiave gli sportelli. «Sarò di ritorno in un attimo.»

Secchi fu preso alla sprovvista e rimase per un istante sconcertato. Non gli restò che abbozzare.

Controllò l'interno della vettura ma non trovò nulla di interessante. La Rover sembrava presa a noleggio.

Tornò sempre corricchiando. «Crede che possano essere passati di qui?»

«È probabile. Di tutta l'isola questo è uno dei luoghi più appartati. Il proprietario è un italiano che gode di ottimi legami con i militari del posto. E poi, ha visto tutte quelle telecamere?»

«Anche lei è italiano.»

«Mezzo inglese. In Italia ormai ho solo ricordi. E sono troppo conosciuto per tenere segreti.»

«Lei cosa pensa di questa storia?»

Secchi sorrise e poi rispose con sibillina durezza: «Se uno vuol sparire ha il diritto di farlo». Poi sbirciò l'orologio: era passato il tempo sufficiente per far allontanare i suoi ospiti?

«Ma non dovevamo bere qualcosa sul lungomare?» concluse dirigendosi verso l'auto.

Il locale si chiamava *Eva*, ed era piuttosto lussuoso.

«Questa è un'altra italiana», disse Secchi presentandogli una donna sui cinquant'anni, ma ancora piacente. Soneri comprendeva che l'altro gli stava sfuggendo, e lui non aveva in serbo nessuna mossa per trattenerlo e costringerlo a parlare. Lo riaccompagnò fino a Sandy Lane, dove si congedarono.

«Mi raccomando, se ha bisogno non esiti a telefonarmi», concluse Secchi con un tono che suonava canzonatorio.

Soneri sentiva montare una rabbia che esigeva una rivincita. In camera prese il telefono e chiamò Camilla.

«Vorrei tornare da *Cliff*.»

«Volentieri», rispose lei con entusiasmo.

«Scusa, ma andrei solo.» Era passato, senza volerlo, al tu.

Lei riprese con tono freddo e infastidito: «Allora non capisco il motivo di questa telefonata».

«Sentirti, prima di tutto... E chiederti la cortesia di prenotare a tuo nome.»

«Non mi va di fare da copertura per altre donne.»

«Nessuna donna, esigenze investigative.» Soneri sorrise fra sé di quella strana gelosia. «È per non coinvolgerti in una vicenda che potrebbe infastidire te e tuo marito.»

«Spiegati.»

«Intendo affrontare Secchi, e sarebbe spiacevole in tua presenza.»

«Prenoterò un tavolo», concluse lei rassegnata.

Soneri filò sotto la doccia sollevato, gli premeva soprattutto l'indagine. Bussarono alla porta: un cameriere. Pensò ai pantaloni che aveva affidato alla lavanderia dell'albergo. Gli urlò di entrare e lasciare tutto sul tavolo.

Quando uscì dal bagno trovò però soltanto una busta che conteneva un biglietto su cui c'era scritto: «Ristorante *Rose*, di Sandy Lane, c'è qualcuno che potrà darle informazioni». Nessuna firma.

Telefonò alla reception e chiese chi avesse portato il messaggio. Non seppero dirgli nulla di preciso. Dieci dollari rendono ciechi e muti, a volte. Erano le sei: aveva tempo per passare da *Rose*.

Il locale era deserto. C'erano solo un paio di giovani cameriere di colore che approntavano i tavoli per la cena. Dall'uscio della cucina comparve una signora piuttosto grassa con un viso gioviale. Quando Soneri si presentò, lei disse: «Ah, l'aspettavo», e lo condusse in una saletta appartata.

La donna era un'italiana di Taranto, da vent'anni alle Barbados. Teresa Montillo. Cominciò a raccontargli la sua vita sull'isola, ma Soneri tagliò corto: «Chi mi ha scritto il biglietto?»

«Un amico.»

«Non faccia misteri. Perché mi ha fatto venire qua?»

Soneri si accese un sigaro. La situazione lo irritava, mal diretta e peggio recitata.

«La faccenda è molto più complessa di quel che appare... Non è una semplice fuga coi quattrini. Dietro c'è qualcosa di più grosso.»

«E questo si sapeva, ormai», minimizzò Soneri.

«Ma lei non può sapere che Mario Rocchetta, dipendesse da lui, tornerebbe.»

«Non dica sciocchezze, coi miliardi che ha...»

«Poca cosa rispetto a quelli che hanno rubato gli altri. E poi non sono soldi suoi, sono investiti a suo nome e dei profitti non ne gode che in piccola parte. Faccia conto, poco più di un generoso stipendio.»

«Si prova una certa ebbrezza a fuggire, lo sa?» Soneri cominciava ad averne abbastanza. Gli parevano tutte congetture banali, il frutto di voci orecchiate a Sandy Lane.

Poi la donna chiese: «Conosce Colin Johnson?»

«Sì, ne ho sentito parlare. Uno che campa sbrigando affari sporchi.»

«Uno che campa al servizio di Max Secchi, vorrà dire. È lui a controllare Rocchetta. Gli procura gli alloggi e gli ordina gli spostamenti come a un ostaggio.»

«E Rocchetta non si ribella?»

«Non gli conviene e non può, Johnson e Secchi non scherzano. Temono che sveli tutto, o che venga costretto dai derubati. Mi creda, lascerebbe tutti i miliardi pur di riprendersi la libertà.»

«Non si può dire che non sapesse come sarebbe andata a finire...»

«Pensava di poter giocare in proprio ma non ce l'ha fatta. E lui ha paura, tanta paura.»

Soneri voleva saperne di più. Cominciava a ricredersi sul conto della donna.

«Dove ha abitato Rocchetta?»

«Da Secchi a Bridgetown. Per un certo periodo ha preso anche una casa in affitto a Saint Michael, un quartiere lussuoso a ovest, tramite un prestanome... una tale Robson.»

«Lo vede spesso?»

«Quando può viene qui. Sono l'unica persona di cui si fida.»

«È lui che ha scritto il biglietto?»

«Non ne sono sicura.»

«E i figli dove sono finiti?»

«Su un'isola a mezz'ora d'aeroplano da qui... Ce li ha spediti Secchi con la scusa che muovere quattro persone è più complicato. In realtà sono in ostaggio.»

Sull'uscio si affacciò una delle cameriere. Le due donne scambiarono un cenno d'intesa e Teresa fece scivolare in mano a Soneri un biglietto da visita.

«Mi segua.»

Usciti dalla saletta svoltarono in un paio di corridoi fino a una porta sul retro del locale che dava accesso a un lembo di spiaggia pubblica.

«Mi scusi», si congedò la donna, «ma sono precauzioni necessarie.»

Soneri guardò l'orologio, era ora di andare da *Cliff*.

Là trovò Secchi con la moglie e un altro tizio corpulento

i cui abiti raffinati stonavano con la volgarità dei tratti. Secchi gli indirizzava di tanto in tanto occhiate piene d'ironia, e a fine pasto gli passò accanto salutandolo zuccheroso.

Soneri si alzò e lo seguì fino al parcheggio.

«Secchi», disse alzando la voce, «mi ha preso per il culo a sufficienza.»

L'altro si voltò e nella semioscurità il suo cranio lucente sembrò lampeggiare. Mentre la moglie si scostò spaventata, lui conservò l'aria paciosa di sempre. «Non mi permetterei mai», rispose con un sorriso ipocrita.

Soneri li sentì arrivare alle sue spalle nonostante avanzassero con cautela. Un paio di gorilla e il tipo elegante con la faccia da pappone. Li sorprese correndo loro incontro e buttandosi in mezzo prima che potessero reagire. Ormai era già al cancello.

Dall'altra parte della strada c'era la Ford color lapislazzulo della contessa.

«Stai tranquilla, non fuggo da un marito geloso. E non ho neanche cenato.»

Lei rise e schizzò via, velocissima.

13

«Sei più eccitante della fuga», confessò Soneri fissandola.

«Se continui a insidiarmi ti riporto al *Cliff*», scherzò lei. Poi, con un'aria che voleva essere distratta, aggiunse: «Ho scoperto qualcos'altro, sai? Ida Fracassi è venuta a parlare con Johnson: tre ore ed è ripartita per Miami».

«E come l'hai saputo?»

«Un piccolo segreto me lo lasci?»

Cominciava veramente a credere che tutta la faccenda si riducesse a un traffico di quattrini sporchi e che Rocchetta fosse solo un gregario. Sentì una certa delusione. L'aveva ammirato e si aspettava qualcosa di più da quell'uomo.

Fermò l'auto in uno spiazzo che dava sulla scogliera.

«Non avrei voluto darti questa notizia», ammise lei.

Soneri la guardò interrogativo.

«So che è quella che chiude il caso.»

Quella donna non finiva di stupirlo.

«Prima o poi doveva capitare che si arrivasse alla fine.»

«Quando ripartirai?»

«Non so. Potrei concedermi una vacanza.»

Lo guardò sorridendo e l'abbracciò. Soneri la strinse ma lei si sottrasse, rapida. Mise in moto e ripartì.

«Non roviniamo tutto», disse.

Soneri rimase in silenzio. Sarebbe ripartito subito. Quando Camilla transitò vicino all'*Oasis*, lui le chiese di rallentare e di fare il giro dell'isolato. Voleva controllare che non l'aspettassero. Guardò anche nella hall, quando l'auto accostò al marciapiede.

«Non ho fatto tutto per noia... Mi offenderesti se pensassi questo», disse lei mentre Soneri si apprestava a scendere.

«Che cosa importa quel che penso?»

Scese e si diresse all'ingresso dell'albergo senza più voltarsi, benché sentisse che il motore dell'auto ronfava alle sue spalle.

Si fermò nella hall per controllare le persone presenti. Riteneva improbabile che Secchi lo importunasse lì: se avesse voluto farlo avrebbe scelto un luogo migliore. Piuttosto pensava a qualcuno incaricato di controllare i suoi movimenti.

Al banco gli consegnarono un'altra busta. Non l'aprì ma ne intuì la provenienza. Non sprecò fiato neppure per chiedere chi l'avesse consegnata e si avviò all'ascensore. Premette il pulsante di un piano superiore al suo e salì. Nessuno, neanche in corridoio.

Aprì la busta: «Vediamoci da *Pisces*, tra le 20 e le 20.30 di domani. In caso di pericolo avverta il cameriere calvo che si chiama James, è un amico».

Niente firma, ma non aveva dubbi che il messaggio fosse di Mario Rocchetta.

Prese il biglietto e lo bruciò assieme alla busta. Una precauzione che non guastava.

Alle nove del mattino telefonò alla contessa. Gli rispose assonnata.

«Devo vederti, ho bisogno ancora di un favore.»

«Può andare fra un'ora? E dimmi dove.»

«Davanti alla casa del generale, sulla collina di Sandy Lane.»

Arrivò puntuale. Lui aveva già fatto un sopralluogo per essere certo che non ci fosse nessuno.

«Come ti è venuto in mente questo posto? È il più desolato dell'isola.»

«Mi ci ha portato Secchi. I luoghi in cui ti porta il nemico sono i più sicuri, lo sapevi?»

«È un detto che non vale per gli assassinati», replicò Camilla, scettica.

«Stasera mi vedo con Rocchetta.»

Lei spalancò gli occhi, sinceramente sorpresa.

«Starò nei paraggi, prenderò l'auto di mio marito, una BMW, per dare meno nell'occhio.»

«Preferirei di no, potrebbe essere pericoloso.»

«In caso di pericolo nessuno guida come me su queste strade. Potrei tornare utile.»

«L'appuntamento è da *Pisces*, alle otto», disse Soneri.

«*Pisces* ha due entrate: una su Rockwell Street e una secondaria sulla Westminster. Io sarò lì.»

Soneri non obiettò nulla. Il gioco con quella donna lo eccitava.

«D'accordo. Aspetta fino alle undici. Forse non sarà neppure necessario.»

Lei gli strizzò l'occhio. Anche alla contessa piaceva giocare.

Passò il resto della mattinata a cercare ulteriori informazioni su Johnson e Secchi. Non cavò granché di utile, ma intanto calmava l'agitazione. Secchi frequentava un altro golf club oltre a quello di Sandy Lane. Spesso lo si vedeva al Royal Westmoreland di Saint James, un'altra riserva destinata ai ricchi. Per le operazioni finanziarie si serviva della Barbados National Bank. Il suo conto non si presentava particolarmente pingue: venticinquemila dollari. Il grosso del capitale doveva essere al sicuro su altri depositi anonimi sparsi per i paradisi fiscali.

Soneri spese il pomeriggio in albergo. Verso le sei uscì sul balcone a guardare il mare. Inchiesta ormai risolta, manca solo l'ultimo atto, si trovò a pensare. Almeno per quel che lo riguardava. Poi sarebbero subentrati i colleghi del ministero. Non c'era nulla che lo annoiasse come le indagini fiscali che si risolvevano in una lunga partita contabile.

Mezz'ora dopo camminava già verso *Pisces*. E se tutto fosse stato una trappola? Preferì pensare che il suo fiuto non poteva tradirlo a quel punto. Non per questo rinunciò a un accurato sopralluogo. *Pisces* era disposto in modo complicato. Due entrate, molte vie di fuga e una configurazione grazie alla quale era facile sfuggire agli sguardi.

Alle sette cominciarono a giungere i primi clienti, tutta gente insospettabile. Soneri si sedette al tavolino del bar di fronte al locale. Ordinò un cocktail tropicale e si mise a osservare il via vai sulla Rockwell. Fu a quel punto che vide giungere una jeep giapponese con due persone a bordo. Ne scese un tizio vestito con abiti eleganti. Nell'allungare la gamba verso il marciapiede, il pantalone gli salì fino a scoprire una calza sdrucita, dozzinale. L'auto aveva la targa bianca provvisoria delle vetture a nolo.

Quello che era sceso camminava adesso lungo il marciapiede con indifferenza, mentre la jeep aveva proseguito per la Rockwell. Mancavano venti minuti alle otto quando si mosse per entrare da *Pisces* e intanto ripensava a quel dettaglio stonato della calza. Gli sembrò buffo di essersi fissato su una cosa così banale.

Individuò subito James e si fece dare il tavolo dal quale si poteva controllare meglio il locale.

«Attendo una persona che dovrebbe arrivare più tardi», fece Soneri con un cenno d'intesa. Il cameriere ammiccò. Posò sul tavolo fiammiferi e sigari e si diresse verso il bagno. Se non ricordava male, dalla finestra sopra i servizi era possibile controllare una delle vie che lambivano il ristorante, un vialetto piuttosto buio tra la Rockwell e la Westminster. Non si sbagliava. La jeep era ferma lì. L'autista fumava tranquillamente con un piede appoggiato su una ruota.

Soneri tornò in sala per verificare quanti altri guardiani si erano presentati. In quell'istante James lo avvertì di una telefonata.

«Sono io», disse Camilla, «uno deve essersi piazzato all'entrata principale e l'altro è passato dalla mia parte.»

«Sono almeno quattro e sanno tutto», disse Soneri. «Stai pronta, ce ne sarà bisogno.»

Tornò a sedersi e vide un altro tipo che non aveva la faccia da chierichetto seduto al tavolo di fianco al suo. Si alzò di nuovo e si diresse al banco. All'estremità, verso l'uscita, c'era quello col calzino sdrucito, l'altro stava appollaiato su uno sgabello e di fronte a una bella dose di alcol.

Guardò l'orologio: mancavano dieci minuti all'appuntamento. Considerò e scartò la possibilità di uscire dal locale per fermare Mario Rocchetta prima che lo vedessero. Non sapeva da che parte sarebbe giunto.

Chiamò allora James.

«Vorrei la vostra specialità, quel... Pesce impiccato», ordinò. E intanto disegnò rapidamente sul menu un pesce attaccato a una forca e un omino a piedi che fuggiva.

James fece un leggero inchino mostrando ancor più la pelata e dicendo: «Non mancheremo di soddisfarla».

Poco dopo il cameriere ritornò, sorridente.

«Ecco fatto», disse posando il piatto e di nuovo ammiccando, «buon appetito.»

Alle nove, mentre fuori iniziava a fare buio, i tre in sala cominciarono a essere impazienti. Quello al banco aveva terminato l'ennesimo bicchiere e ora passeggiava lanciando occhiate a Soneri senza paura di farsi notare. Doveva essere un po' alticcio e quindi pericoloso.

Chiamò James e ordinò dell'altro Chablis: ormai i tre non lo mollavano un attimo. Si alzò, andò all'attaccapanni, prese il fazzoletto dalla tasca della giacca. Era una bella giacca leggera, ma l'avrebbe sacrificata. Si diresse al bagno e una volta dentro aprì la finestra. Passò a malapena tra le imposte e saltò nel cortile. Avanzò nella penombra e scorse la jeep parcheggiata: l'autista era seduto su un muretto qualche metro più in là e guardava verso il ristorante. Soneri scivolò di fianco alla vettura, estrasse il taglierino e forò due gomme. Poi sgattaiolò verso l'uscita secondaria dove lo attendeva Camilla.

«Ho mangiato male: troppa tensione», disse una volta a bordo.

«Non è venuto, vero?»

«L'ho avvertito di stare alla larga.»

«Questa volta non me la racconti. Ti ha inseguito un marito geloso, sei senza giacca», rise, indicandolo.

«Non trovando Rocchetta, quelli se la stavano prendendo con me. Sono scappato dal bagno.»

La contessa rise nuovamente. Guidava velocissima, lui le disse di rallentare. Con le gomme a terra, gli eventuali inseguitori avevano altro a cui pensare.

Si diressero verso Saint James, dove lei fermò la macchina. «Quando parti?»

«Domani.»

«Posso accompagnarti?»

«Detesto i saluti negli aeroporti. È meglio lasciarsi dopo una bella serata come se ci si dovesse rivedere al mattino.»

«Verrò in Italia fra un mese. Ci incontreremo allora?»

«Puoi scommetterci», disse Soneri senza convinzione.

Finirono a bere sotto la veranda di un pub. Lei lo riaccompagnò e lui si fece lasciare un po' distante dall'*Oasis* per la solita passeggiata e per l'ultimo toscano prima di dormire. Non incontrò nessuno, e nemmeno vide qualcosa che lo insospettisse: la vicenda era ormai davvero chiusa.

* * *

Il mattino successivo si preparò e chiamò un taxi per recarsi in aeroporto. Si avviò al check-in con l'unica valigia sistemata sul carrello. Lì in fila si guardò intorno. Davanti a una vetrina c'era un uomo con occhiali scuri e corporatura atletica. Lo incuriosì. Stava in solitudine sullo sfondo di bottiglie e scatole di profumi. Mentre lo guardava si accorse che anche l'altro lo osservava. Fu distratto da un coro di bambini che si rincorrevano zigzagando tra le valigie e i viaggiatori chiedendo soldi ai turisti. Uno di loro mostrava, felice, dieci dollari americani.

La hostess al banco richiamò la sua attenzione.

«Sta per perdere quella», disse indicando una busta che sporgeva dalla tasca esterna della valigia. «Vuole metterla dentro?»

Soneri pensò immediatamente al ragazzino che correva con la banconota in mano e si voltò di scatto. L'uomo era sparito. Mezz'ora dopo, sull'oceano, leggeva ciò che gli aveva scritto.

Caro Soneri, innanzitutto grazie per avermi avvertito in tempo del pericolo da *Pisces*. Da quando lei è arrivato, i controlli sui miei spostamenti sono divenuti insopportabili. D'altro canto è tutta la mia vita qui a essere insopportabile. Dovevo recitare la parte del colpevole di un ammanco miliardario, ora sono solo un testimone scomodo. Mi tengono sotto controllo perché non parli, altri vorrebbero invece che lo facessi. La sua indagine ha aggravato la situazione. Adesso non mi perderanno di vista perché hanno la certezza che qualcuno, prima o poi, mi troverà.

Se sono ancora vivo lo devo alla mia naturale previdenza. Nella cassetta di sicurezza di una banca svizzera custodisco tutti i movimenti e la documentazione sulla contabilità occulta della ditta. Loro lo sanno e per questo non si azzardano a toccarmi. Per accedere alla cassetta occorre aprirne un'altra in cui è depositata la combinazione. Chiunque apra quest'ultima deve prima presentarsi al servizio d'ordine della banca identificandosi. Se anche mi uccidessero senza prelevare nulla, i documenti verrebbero resi pubblici perché il patto con la banca è che io telefoni entro la fine di ogni mese a un numero riservato, anteponendo un codice per confermare la custodia, diversamente tutto finirebbe sul tavolo del giudice. E così io tengo loro con la stessa arma con cui loro tengono me. Non faccio una bella vita e, mi creda, preferirei tornarmene a casa. Ho già più volte proposto di rinunciare alla mia parte di quattrini, ma non sono i soldi che adesso interessano ai miei carcerieri. Nemmeno pagando il riscatto potrò tornare libero. È questo aspetto irrimediabile della mia esistenza ad affliggermi. Sono cresciuto con l'idea che i soldi potessero aprire tutte le porte, ma ce ne sono di quelle che non dovrebbero essere aperte mai.

Una sola cosa le chiedo, anche se mi rendo conto che è molto per uno che fa il suo mestiere: non aggravi ulteriormente la mia situazione. Lasci che il tempo sfumi questa vicenda, che su di me e sulla mia famiglia cali l'oblio della morte presunta. È meglio per tutti. Solo quando nessuno parlerà più di noi forse io tornerò a essere un uomo libero. Avverta solo mia madre: non farò in tempo a rivederla.

M.R.

Finito di stampare nel gennaio 2014
presso ELCOGRAF S.p.A.
Stabilimento N.S.M. di Cles (TN)
Printed in Italy